过日子

周作人 等◎著

北京联合出版公司
Beijing United Publishing Co.,Ltd.

图书在版编目（CIP）数据

过日子 / 周作人等著 . — 北京 : 北京联合出版公司 , 2016.9

（2025.5重印）

（极简的阅读）

ISBN 978-7-5502-8407-4

Ⅰ . ①过… Ⅱ . ①周… Ⅲ . ①散文集－中国－现代②散文集－中国－当代 Ⅳ . ① I266

中国版本图书馆 CIP 数据核字（2016）第192968号

过日子

作　　者：周作人 等

责任编辑：崔保华

特约编辑：黄川川

版权支持：张　婧

北京联合出版公司出版

（北京市西城区德外大街 83 号楼 9 层　100088）

三河市燕春印务有限公司印刷　新华书店经销

字数：103 千字　787mm×1092mm　1/32　印张：8

2016 年 10 月第 1 版　2025 年 5 月第 8 次印刷

ISBN 978-7-5502-8407-4

定价：30.00 元

极简的阅读

时移境迁，浮光掠影

他们的文字，穿越时空，抚慰你我，引领前行

目录

chán
馋

梁实秋

真正的馋人，为了吃，决不懒。

馋，在英文里找不到一个十分适当的字。罗马暴君尼禄，以至于英国的亨利八世，在大宴群臣的时候，常见其撕下一根根又粗又壮的鸡腿，举起来大嚼，旁若无人，好一副饕餮相！但那不是馋。埃及废王法鲁克，据说每天早餐一口气吃二十个荷包蛋，也不是馋，只是放肆，只是没有吃相。对某一种食物有所偏好，于是大量地吃，这是贪多无厌。

馋，则着重在食物的质，最需要满足的是品味。上天生人，在他嘴里安放一条舌，舌上还有无数的味蕾，教人焉得不馋？馋，基于生理的要求，也可以发展成为近于艺术的趣味。

也许我们中国人特别馋一些。馋字从食，毚声。毚音谗，本义是狡兔，善于奔走，人为了口腹之欲，不惜多方奔走以膏馋吻，所谓“为了一张嘴，跑断两条腿”。

真正的馋人，为了吃，决不懒。我有一位亲戚，属汉军旗，又穷又馋。一日傍晚，大风雪，老头子缩头缩脑偎着小煤炉子取暖。他的儿子下班回家，顺路市得四只鸭梨，以一只奉其父。父得梨，大喜，当即啃了半只，随后就披衣戴帽，拿着一只小碗，冲出门外，在风雪交加中不见了人影。他的儿子只听得大门哐啷一声响，追已无及。

越一小时，老头子托着小碗回来了，原来他是要吃榅桲拌梨丝！从前酒席，一上来就是四干、四鲜、四蜜饯，榅桲、鸭梨是现成的，饭后一盘榅桲拌梨丝别有风味（没有鸭梨的时候白菜心也能代替）。这老头子吃剩半个梨，突然想起此味，乃不惜于风雪之中奔走一小时。这就是馋。

人之最馋的时候是在想吃一样东西而又不可得的那一段期间。希腊神话中之谭塔勒斯，水深及颚而不得饮，果实当前而不得食，饿火中烧，痛苦万状，他的感觉不是馋，是求生不成求死不得。馋没有这样的严重。人之犯馋，是在饱暖之余，眼看着、回想起或是谈论到某一美味，喉头像是有馋虫搔抓作痒，只好干咽唾沫。一旦得遂所愿，恣情享受，浑身通泰。

抗战七八年，我在后方，真想吃故都的食物，人就是这个样子，对于家乡风味总是念念不忘，其实“千里莼羹，未下盐豉”也不见得像传说的那样迷人。

我曾痴想北平羊头肉的风味，想了七八年；胜利还乡之后，一个冬夜，听得深巷卖羊头肉小贩的吆喝声，立即从被窝里爬出来，把小贩唤进门洞，我坐在懒椅上看着他于暗淡的油灯照明之下，抽出一把雪亮的薄刀，横着刀刃片羊脸子，片得飞薄，然后取出一只蒙着纱布的羊角，洒上一些椒盐。我托着一盘羊头肉，重复钻进被窝，在枕上一片一片的羊头肉放进嘴里，不知不觉地进入了睡乡，十分满足地解了馋瘾。但是，老实讲，滋味虽好，总不及在痴想时所想象的香。

我小时候，早晨跟我哥哥步行到大鹁鸽市陶氏学堂上学，校门口有个小吃摊贩，切下一片片的东西放在碟子上，洒上红糖汁、玫瑰木樨，淡紫色，样子实在令人馋涎欲滴。走近看，知道是糯米藕。一问价钱，要四个铜板，而我们早点费每天只有两个铜板。我们当下决定，饿一天，明天就可以一尝异味。所付代价太大，所以也不能常吃。糯米藕一直在我心中留下了不可磨灭的印象。后来成家立业，想吃糯米藕不费吹灰之力，餐馆里有时也有供应，不过浅尝辄止，不复有当年之馋。

馋与阶级无关。豪富人家，日食万钱，犹云无下箸处，是因为他这种所谓饮食之人放纵过度，连馋的本能和机会都被剥夺了，他不是不馋，也不是太馋，他麻木了，所以他就要千方百计地在食物方面寻求新的材料、新的刺激。

我有一位朋友，湖南桂东县人，他那偏僻小县却因乳猪而著名，他告我说每年某巨公派人前去采购乳猪，搭飞机运走，充实他的郇厨。烤乳猪，何地无之？何必远求？我还记得有人治寿筵，客有专诚献“烤方”者，选尺余见方的细皮嫩肉的猪臀一整块，用铁钩挂在架上，以炭火燔炙，时而武火，时而文火，烤数小时而皮焦肉熟。上桌时，先是一盘脆皮，随后是大薄片的白肉，其味绝美，与广东的烤猪或北平的炉肉风味不同，使得一桌的珍馐相形见绌。可见天下之口有同嗜，普通的一块上好的猪肉，苟处理得法，即快朵颐。像《世说》所谓，王武子家的烝豚，乃是以人乳喂养的，实在觉得多此一举，怪不得魏武未终席而去。人是肉食动物，不必等到“七十者可以食肉矣”，平夙有一些肉类佐餐，也就可以满足了。

北平人馋，可是也没听说有谁真个馋死，或是为了馋而倾家荡产。大抵好吃的东西都有个季节，逢时按节的享受一番，会因自然调节而不逾矩。开春吃春饼，随后黄花鱼上市，紧接着大头鱼也来了，恰巧这时候后院花椒树发芽，正好掐下来烹鱼。鱼季过后，青蛤当令。紫藤花开，吃藤萝饼，玫瑰花开，吃玫瑰饼；还有枣泥大花糕。到了夏季，“老鸡头才上河哟”，紧接着是菱角、莲蓬、藕、豌豆糕、驴打滚、艾窝窝，一起出现。席上常见水晶肘，坊间唱卖烧羊肉，这时候嫩黄瓜、新蒜头应时而至。秋风一起，先闻到糖炒栗子的气味，然后就是炰烤涮羊肉，还有七尖八团的大螃蟹。“老婆老婆你别馋，过了腊八就是年。”过年前后，食物的丰盛就更不必细说。一年四季地馋，周而复始地吃。

馋非罪，反而是胃口好、健康的现象，比食而不知其味要好得多。

一不動聲色
二無情批評
三狠心還價
四反顧勇氣

jiǎng jià
讲价

梁实秋

我承认，有些人是特别地善于讲价，他有政治家的脸皮，外交家的嘴巴，杀人的胆量，钓鱼的耐心，坚如铁石，韧似牛皮，所以他能压倒那待价而沽的商人。

韩康采药名山，卖于长安市，三十余年，口不二价。这并不是说三十余年物价没有波动，这是说他三十余年没有耍过一次谎，就凭这一点怪脾气，他的大名便入了《后汉书》的《逸民列传》。这并不证明买卖东西无需讲价是我们古已有之的固有道德，这只证明自古以来买卖东西就得要价还价，出了一位韩康，便是人瑞，便可以名垂青史了。韩康不但在历史上留下了佳话，在当时也是颇为著名的。一个女子向他买药，他守价不移，硬是没得少，女子大怒，说："难道你是韩康，一个钱没得少？"韩康本欲避名，现在小女子都知道他的大名，吓得披发入山。卖东西不讲价，自古以来，是多么难得！我们还不要忘记韩康"家世著姓"，本不是商人，如果是个"逐什一之利"的，有机会能得什二什三时岂不更妙？

从前有些店铺讲究货真价实，"言不二价""童叟无欺"的金字招牌偶然还可以很骄傲地悬挂起来，不必大减价雇吹鼓手，主顾自然上门。这种事似乎渐渐少了。童叟根本也不见得好欺侮，而且买卖大半是流动的，无所谓主顾，不讲价还是不过瘾，不七折八扣显着买卖不和气，交易一成买者就又会觉得上当。在尔虞我诈的情形之下，讲价便成为交易的必经阶段，反正是"漫天要价，就地还钱"，看看谁有本事谁讨便宜。

我买东西很少的时候能不比别人的贵。世界上有一种人，喜欢到人家里面调查物价，看看你家里有什么东西都要打听一下是用什么价钱买的，除非你在每一事物上都粘上一个纸笺标明价格，否则将不胜其啰唣。最扫兴的是，我已经把真的价钱瞒起，自欺欺人地只说了一半的价钱来搪塞他，他有时还会把头摇得像个"拨浪鼓"似的，表示你上了弥天的大当！我承认，有些人是特别地善于讲价，他有政治家的脸皮，外交家的嘴巴，杀人的胆量，钓鱼的耐心，坚如铁石，韧似牛皮，所以他能压倒那待价而沽的商人。我曾虚心请教，大概归纳起来，讲价的艺术不外下列诸端：

第一，要不动声色。进得店来，看准了他没有什么你就要什么，使得他显着寒伧，先有几分惭愧。然后无精打采地道出你所真心要买的东西，伙计于气馁之余，自然欢天喜地地捧出他的货色，价钱根本不会太高。如果偶然发现一项心爱的东西，也不可失声大叫，如获异宝，必要行若无事，淡然处之，于打听许多种物价之后，随意问询及之，否则你打草惊蛇，他便奇货可居了。

第二，要无情地批评。甘瓜苦蒂，天下物无全美。你把货物捧在手里，不忙鉴赏，先求其疵缪之所在，不厌其详地批评一番，尽量地道出它的缺点。有些物事，本是无懈可击的，但是"嗜好不能争辩"，你这东西是红的，我偏喜欢白的；你这东西是大的，我偏喜欢小的。总之，是要把东西褒贬得一文不值缺点百出，这时候伙计的脸上也许要一块红一块白的不大好看，但是他的心里软了，价钱上自然有了商量的余地，我在委曲迁就的情形之下来买东西，你在价钱上还能不让步么？

第三，要狠心还价。先假设，自从韩康入山之后每个商人都是说谎的。不管价钱多高，拦腰一砍。这需要一点胆量，狠得下心，说得出口，要准备看一副嘴脸。人的脸是最容易变的，用不了加多少钱，那副愁云惨雾的苦脸立刻开霁，露出一缕春风。但这是最紧要的时候，这是耐心的比赛，谁性急谁失败，他一文一文地减，你就一文一文地加。

第四，要有反顾的勇气。交易实在不成，只好掉头而去，也许走不了好远，他会请你回来，如果他不请你回来，你自己要有回来的勇气，不能负气，不能讲究“义不反顾，计不旋踵”。讲价到了这个地步，也就山穷水尽了。

这一套讲价的秘诀，知易行难，所以我始终未能运用。我怕费工夫，我怕伤和气，如果我粗脖子红脸，我身体受伤，如果他粗脖子红脸，我精神上难过，我聊以解嘲的方法是记起郑板桥爱写的那四个大字：“难得糊涂”。

《淮南子》明明地记载着：“东方有君子之国”，但是我在地图上却找不到。《山海经》里也记载着：“君子国衣冠带剑，其人好让不争。”但只有《镜花缘》给君子国透露了一点消息。买物的人说：“老兄如此高货，却讨恁般贱价，教小弟买去，如何能安？务求将价加增，方好遵教。若再过谦，那是有意不肯赏光交易了。”卖物的人说：“既承照顾，敢不仰体？但适才妄讨大价，已觉厚颜，不意老兄反说货高价贱，岂不更教小弟惭愧？况敝货并非‘言无二价’，其中颇有虚头。”照这样讲来，君子国交易并非言无二价，也还是要讲价的，也并非不争，也还有要费口舌唾液的。什么样的国家，才能买东西不讲价呢？我想与其讲价而为对方争利，不如讲价而为自己争利，比较地合于人类本能。

有人传授给我在街头雇车的秘诀：街头孤另另的一辆车，车夫红光满面鼓腹而游的样子，切莫睬他，如果三五成群鸠形鹄面，你一声吆喝便会蜂拥而来，竞相延揽，车价会特别低廉。在这里我们发现人性的一面——残忍。

mà rén de yì shù
骂人的艺术

梁实秋

你骂大人物，就怕他不理你，他一回骂，你就算骂着了。因为身份相同的人才肯对骂。

古今中外没有一个不骂人的人。骂人就是有道德观念的意思，因为在骂人的时候，至少在骂人者自己总觉得那人有该骂的地方。何者该骂，何者不该骂，这个抉择的标准，是极道德的。所以根本不骂人，大可不必。骂人是一种发泄感情的方法，尤其是那一种怨怒的感情。想骂人的时候而不骂，时常在身体上弄出毛病，所以想骂人时，骂骂何妨。

但是，骂人是一种高深的学问，不是人人都可以随便试的。有因为骂人挨嘴巴的，有因为骂人吃官司的，有因为骂人反被人骂的，这都是不会骂人的缘故。今以研究所得，公诸同好，或可为骂人时之一助乎？

1. 知己知彼

骂人是和动手打架一样的，你如其敢打人一拳，你先要自己忖度下，你吃得起别人的一拳否。这叫做知己知彼。骂人也是一样。譬如你骂他是“屈死”，你先要反省，自己和“屈死”有无分别。你骂别人荒唐，你自己想想曾否吃喝嫖赌。否则别人回敬你一二句，你就受不了。所以别人有着某种短处，而足下也正有同病，那么你在骂他的时候，只得割爱。

2. 无骂不如己者

要骂人须要挑比你大一点的人物，比你漂亮一点的或者比你坏得万倍而比你得势的人物，总之，你要骂人，那人无论在好的一方面或坏的一方面都要能胜过你，你才不吃亏的。你骂大人物，就怕他不理你，他一回骂，你就算骂着了。因为身份相同的人才肯对骂。在坏的一方面胜过你的，你骂他就如教训一般，他即便回骂，一般人仍不会理会他的。假如你骂一个无关痛痒的人，你越骂他他越得意，时常可以把一个无名小卒骂出名了，你看冤与不冤？

3. 适可而止

骂大人物骂到他回骂的时候，便不可再骂；再骂则一般人对你必无同情，以为你是无理取闹。骂小人物骂到他不能回骂的时候，便不可再骂；再骂下去则一般人对你也必无同情，以为你是欺负弱者。

4. 旁敲侧击

他偷东西，你骂他是贼；他抢东西，你骂他是盗，这是笨伯。骂人必须先明虚实掩映之法，须要烘托旁衬，旁敲侧击，于要紧处只一语便得，所谓杀人于咽喉处著刀。越要骂他你越要原谅他，即便说些恭维话亦不为过，这样的骂法才能显得你所骂的句句是真实确凿，让旁人看起来也可见得你的度量。

5. 态度镇定

骂人最忌浮躁。一语不合，面红筋跳，暴躁如雷，此灌夫骂座，泼妇骂街之术，不足以骂人。善骂者必须态度镇静，行若无事。普通一般骂人，谁的声音高便算谁占理，谁来得势猛便算谁骂赢，惟真善骂人者，乃能避其锋而击其懈。你等他骂得疲倦的时候，你只消轻轻的回敬他一句，让他再狂吼一阵。在他暴躁不堪的时候，你不妨对他冷笑几声，包管你不费力气，把他气得死去活来，骂得他针针见血。

6. 出言典雅

骂人要骂得微妙含蓄，你骂他一句要使他不甚觉得是骂，等到想过一遍才慢慢觉悟这句话不是好话，让他笑着的面孔由白而红，由红而紫，由紫而灰，这才是骂人的上乘。欲达到此种目的，深刻之用词故不可少，而典雅之言词尤为重要。言词典雅则可使听者不致刺耳。如要骂人骂得典雅，则首先要在骂时万万别提起女人身上的某一部分，万万不要涉及生理学范围。骂人一骂到生理学范围以内，底下再有什么话都不好说了。

譬如你骂某甲，千万别提起他的令堂令妹。因为那样一来，便无是非可言，并且你自己也不免有令堂令妹，他若回敬起来，岂非势均力敌，半斤八两？再者骂人的时候，最好不要加人以种种难堪的名词，称呼起来总要客气，即使他是极卑鄙的小人，你也不妨称他先生，越客气，越骂得有力量。骂的时节最好引用他自己的词句，这不但可以使他难堪，还可以减轻他对你骂的力量。俗话少用，因为俗话一览无遗，不若典雅古文曲折含蓄。

7. 以退为进

两人对骂，而自己亦有理屈之处，则处于开骂伊始，特宜注意，最好是毅然将自己理屈之处完全承认下来，即使道歉认错均不妨事。先把自己理屈之处轻轻遮掩过去，然后你再重整旗鼓，咄咄逼人，方可无后顾之忧。即使自己没有理屈的地方，也绝不可自行夸张，务必要谦逊不遑，把自己的位置降到一个不可再降的位置，然后骂起人来，自有一种公正光明的态度。否则你骂他一两句，他便以你个人的事反唇相讥，一场对骂，会变成两人私下口角，是非曲直，无从判断。所以骂人者自己要低声下气，此所谓以退为进。

8. 预设埋伏

你把这句话骂过去，你便要想想看，他将用什么话骂回来。有眼光的骂人者，便处处留神，或是先将他要骂你的话替他说出来，或是预先安设埋伏，令他骂回来的话失去效力。他骂你的话，你替他说出来，这便等于缴了他的械一般。预设埋伏，便是在要攻击你的地方，你先轻轻的安下话根，然后他骂过来就等于枪弹打在沙包上，不能中伤。

9. 小题大做

如对方有该骂之处，而题目身小，不值一骂，或你所知不多，不足一骂，那时节你便可用小题大做的方法，来扩大题目。先用诚恳而怀疑的态度引申对方的意思，由不紧要之点引到大题目上去，处处用严谨的逻辑逼他说出不逻辑的话来，或是逼他说出合于逻辑但不合乎理的话来，然后你再大举骂他，骂到体无完肤为止，而原来惹动你的小题目，轻轻一提便了。

10. 远交近攻

一个时候，只能骂一个人，或一种人，或一派人。决不宜多树敌。所以骂人的时候，万勿连累旁人，即使必须牵涉多人，你也要表示好意，否则回骂之声纷至沓来，使你无从应付。

骂人的艺术，一时所能想起来的有上面十条，信手拈来，并无条理。我做此文的用意，是助人骂人。同时也是想把骂人的技术揭破一点，供爱骂人者参考。挨骂的人看看，骂人的心理原来是这样的，也算是揭破一张黑幕给你瞧瞧！

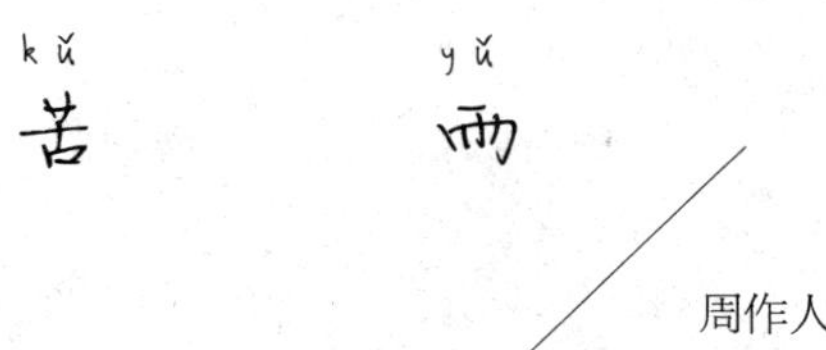

归途遇暴风雨，一叶扁舟在白鹅似的波浪中间滚过大树港，危险极也愉快极了。

伏园兄：

北京近日多雨，你在长安道上不知也遇到否，想必能增你旅行的许多佳趣。雨中旅行不一定是很愉快的，我以前在杭沪车上时常遇雨，每感困难，所以我于火车的雨不能感到什么兴味，但卧在乌篷船里，静听打篷的雨声，加上欸乃的橹声以及“靠塘来，靠下去”的呼声，却是一种梦似的诗境。倘若更大胆一点，仰卧在脚划小船内，冒雨夜行，更显出水乡住民的风趣，虽然较为危险，一不小心，拙劣地转一个身，便要使船底朝天。二十多年前往东浦吊先父的保姆之丧，归途遇暴风雨，一叶扁舟在白鹅似的波浪中间滚过大树港，危险极也愉快极了。我大约还有好些“为鱼”时候——至少也是断发文身时候的脾气，对于水颇感到亲近，不过北京的泥塘似的许多“海”实在不很满意，这样的水没有也并不怎么可惜。你往“陕半天”去似乎要走好两天的准沙漠路，在那时候倘若遇见风雨，大约是很舒服的，遥想你胡坐骡车中，在大漠之上，大雨之下，喝着四打之内的汽水，悠然进行，可以算是“不亦快哉”之一。但这只是我的空想，如诗人的理想一样的靠不住，或者你在骡车中遇雨，很感困难，正在叫苦连天也未可知，这须等你回京后问你再说了。

我住在北京，遇见这几天的雨，却叫我十分难过。北京向来少雨，所以不但雨具不很完全，便是家屋构造，于防雨亦欠周密。除了真正富翁以外，很少用实垛砖墙，大抵只用泥墙抹灰敷衍了事。近来天气转变，南方酷寒而北方淫雨，因此两方面的建筑上都露出缺陷。一星期前的雨把后园的西墙淋坍，第二天就有“梁上君子”来摸索北房的铁丝窗，从次日起赶紧邀了七八位匠人，费两天工夫，从头改筑，已经成功十分八九，总算可以高枕而卧，前夜的雨却又将门口的南墙冲倒二三丈之谱。这回受惊的可不是我了，乃是川岛君“佢们”俩，因为“梁上君子”如再见光顾，一定是去躲在“佢们”的窗下窃听的了。为消除“佢们”的不安起见，一等天气晴正，急须大举地修筑，希望日子不至于很久，这几天只好暂时拜托川岛君的老弟费神代为警护罢了。

前天十足下了一夜的雨，使我夜里不知醒了几遍。北京除了偶然有人高兴放几个爆仗以外，夜里总还安静，那样哗喇哗喇的雨声在我的耳朵已经不很听惯，所以时常被它惊醒，就是睡着也仿佛觉得耳边粘着面条似的东西，睡的很不痛快。还有一层，前天晚间据小孩们报告，前面院子里的积水已经离台阶不及一寸，夜里听着雨声，心里胡里胡涂地总是想水已上了台阶，浸入西边的书房里了。好容易到了早上五点钟，赤脚撑伞，跑到西屋一看，果然不出所料，水浸满了全屋，约有一寸深浅，这才叹了一口气，觉得放心了；倘若这样兴高采烈地跑去，一看却没有水，恐怕那时反觉得失望，没有现在那样的满足也说不定。幸而书籍都没有湿，虽然是没有什么价值的东西，但是湿成一饼一饼的纸糕，也很是不愉快。现今水虽已退，还留下一种涨过大水后的普通的臭味，固然不能留客坐谈，就是自己也不能在那里写字，所以这封信是在里边炕桌上写的。

这回的大雨，只有两种人最喜欢。第一是小孩们。他们喜欢水，却极不容易得到，现在看见院子里成了河，便成群结队地去“淌河”去。赤了足伸到水里去，实在很有点冷，但他们不怕，下到水里还不肯上来。大人见小孩们玩的有趣，也一个两个地加入，但是成绩却不甚佳，那一天里滑倒了三个人，其中两个都是大人——其一为我的兄弟，其一是川岛君。第二种喜欢下雨的则为虾蟆。从前同小孩们住高亮桥去钓鱼钓不着，只捉了好些虾蟆，有绿的，有花条的，拿回来都放在院子里，平常偶叫几声，在这几天里便整日叫唤，或者是荒年之兆吧，却极有田村的风味。有许多耳朵皮嫩的人，很恶喧嚣，如麻雀虾蟆或蝉的叫声，凡足以妨碍他们的甜睡者，无一不痛恶而深绝之，大有欲灭此而午睡之意。我觉得大可以不必如此，随便听听都是很有趣味的，不但是这些久成诗料的东西，一切鸣声其实都可以听。虾蟆在水田里群叫，深夜静听，往往变成一种金属音，很是特别，又有时仿佛是狗叫，古人常称蛙蛤为吠，大约也是从实验而来。我们院子里的虾蟆现在只见花条的一种，它的叫声更不漂亮，只是格格格这个叫法，可以说是革音，平常自一声至三声，不会更多，唯在下雨的早晨，听它一口气叫上十二三声，可见它是实在喜欢极了。

这一场大雨恐怕在乡下的穷朋友是很大的一个不幸，但是我不曾亲见，单靠想象是不中用的，所以我不去虚伪地代为悲叹了。倘若有人说这所记的只是个人的事情，于人生无益，我也承认，我本来只想说个人的私事，此外别无意思。今天太阳已经出来，傍晚可以出外去游嬉，这封信也就不再写下去了。

我本等着看你的秦游记，现在却由我先写给你看，这也可以算是“意表之外”的事罢。

méng zì zá jì
蒙自杂记

朱自清

蒙自小得好，人少得好。

我在蒙自住过五个月，我的家也在那里住过两个月。我现在常常想起这个地方，特别是在人事繁忙的时候。

蒙自小得好，人少得好。看惯了大城的人，见了蒙自的城圈儿会觉得像玩具似的，正像坐惯了普通火车的人，乍踏上个碧石小火车，会觉得像玩具似的一样。但是住下来，就渐渐觉得有意思。城里只有一条大街，不消几趟就走熟了。书店，文具店，点心店，电筒店，差不多闭了眼可以找到门儿。城外的名胜去处，南湖，湖里的崧岛，军山，三山公园，一下午便可走遍，怪省力的。不论城里城外，在路上走，有时候会看不见一个人。整个儿天地仿佛是自己的；自我扩展到无穷远，无穷大。这教我想起了台州和白马湖，在那两处住的时候，也有这种静味。

大街上有一家卖糖粥的，带着卖煎粑粑。桌子凳子乃至碗匙等都很干净，又便宜，我们联大师生照顾的特别多。掌柜是个四川人，姓雷，白发苍苍的。他脸上常挂着微笑，却并不是巴结顾客的样儿。他爱点古玩什么的，每张桌子上，竹器瓷器占着一半儿；糖粥和粑粑便摆在这些桌子上吃。他家里还藏着些“精品”，高兴的时候，会特地去拿来请顾客赏玩一番。老头儿有个老伴儿，带一个伙计，就这么活着，倒也自得其乐。我们管这个铺子叫“雷稀饭”，管那掌柜的也叫这名儿；他的人缘儿是很好的。

城里最可注意的是人家的门对儿。这里许多门对儿都切合着人家的姓。别地方固然也有这么办的，但没有这里的多。散步的时候边看边猜，倒很有意思。但是最多的是抗战的门对儿。昆明也有，不过按比例说，怕不及蒙自的多；多了，就造成一种氛围气，叫在街上走的人不忘记这个时代的这个国家。这似乎也算利用旧形式宣传抗战建国，是值得鼓励的。眼前旧历年就到了，这种抗战春联，大可提倡一下。

蒙自的正式宣传工作，除党部的标语外，教育局的努力，也值得记载。他们将一座旧戏台改为演讲台，又每天张贴油印的广播消息。这都是有益民众的。他们的经费不多，能够逐步做去，是很有希望的。他们又帮忙北大的学生办了一所民众夜校。报名的非常踊跃，但因为教师和座位的关系，只收了二百人。夜校办了两三个月，学生颇认真，成绩相当可观。那时蒙自的联大要搬到昆明来，便只得停了。教育局长向我表示很可惜；看他的态度，他说的是真心话。蒙自的民众相当的乐意接受宣传。联大的学生曾经来过一次灭蝇运动。四五月间蒙自苍蝇真多。有一位朋友在街上笑了一下，一张口便飞进一个去。灭蝇运动之后，街上许多食物铺子，备了冷布罩子，虽然简陋，不能不说是进步。铺子的人常和我们说，"这是你们来了之后才有的呀。"可见他们是很虚心的。

蒙自有个火把节，四乡是在阴历六月二十四晚上，城里是二十五晚上。那晚上城里人家都在门口烧着芦秆或树枝，一处处一堆堆熊熊的火光，围着些男男女女大人小孩；孩子们手里更提着烂布浸油的火球儿晃来晃去的，跳着叫着，冷静的城顿然热闹起来。这火是光，是热，是力量，是青年。四乡地方空阔，都用一棵棵小树烧；想象着一片茫茫的大黑暗里涌起一团团的热火，光景够雄伟的。四乡那些夷人，该更享受这个节，他们该更热烈的跳着叫着罢。这也许是个祓除节，但暗示着生活力的伟大，是个有意义的风俗；在这抗战时期，需要鼓舞精神的时期，它的意义更是深厚。

南湖在冬春两季水很少，有一半简直干得不剩一点二滴儿。但到了夏季，涨得溶溶滟滟的，真是返老还童一般。湖堤上种了成行的由加利树；高而直的干子，不差什么也有“参天”之势，细而长的叶子，像惯于拂水的垂杨，我一站到堤上禁不住想到北平的十刹海。再加上崧岛那一带田田的荷叶，亭亭的荷花，更像十刹海了。崧岛是个好地方，但我看还不如三山公园曲折幽静。这里只有三个小土堆儿。几个朴素小亭儿。可是回旋起伏，树木掩映，这儿那儿更点缀着一些石桌石墩之类；看上去也罢，走起来也罢，都让人有点余味可以咀嚼似的。这不能不感谢那位李崧军长。南湖上的路都是他的军士筑的，崧岛和军山也是他重新修整的；而这个小小的公园，更见出他的匠心。这一带他写的匾额很多。他自然不是画家，不过笔势瘦硬，颇有些英气。

联大租借了海关和东方汇理银行旧址，是蒙自最好的地方。海关里高大的由加利树，和一片软软的绿草是主要的调子，进了门不但心胸一宽，而且周身觉得润润的。树头上好些白鹭，和北平太庙里的“灰鹤”是一类，北方叫做“老等”。那洁白的羽毛，那伶俐的姿态，耐人看，一清早看尤好。在一个角落里有一条灌木林的甬道，夜里月光从叶缝里筛下来，该是顶有趣的。另一个角落长着些芒果树和木瓜树，可惜太阳力量不够，果实结得不肥，但沾着点热带味，也叫人高兴。银行里花多，遍地的颜色，随时都有，不寂寞。最艳丽的要数叶子花。花是浊浓的紫，脉络分明活像叶，一丛丛的，一片片的，真是“浓得化不开”。花开的时候真久。我们四月里去，它就开了，八月里走，它还没谢呢。

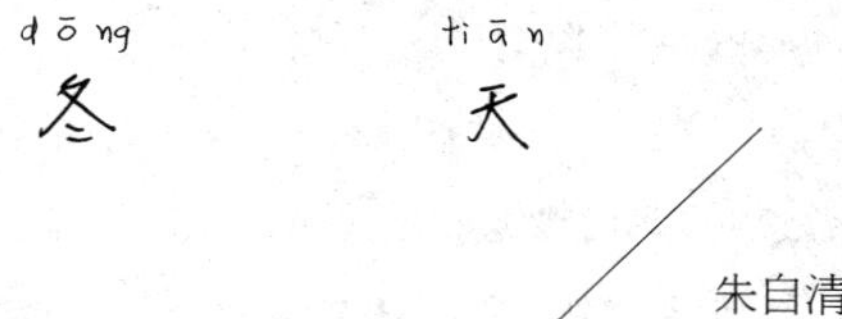

三张脸都带着天真微笑地向着我。似乎台州空空的，只有我们四人；天地空空的，也只有我们四人。

无论怎么冷，大风大雪，想到这些，我心上总是温暖的。

说起冬天，忽然想到豆腐。是“小洋锅”（铝锅）白煮豆腐，热腾腾的。水滚着，像好些鱼眼睛，一小块一小块豆腐养在里面，嫩而滑，仿佛反穿的白狐大衣。锅在“洋炉子”（煤油不打气炉）上，和炉子都熏得乌黑乌黑，越显出豆腐的白。这是晚上，屋子老了，虽点着“洋灯”，也还是阴暗。围着桌子坐的是父亲跟我们哥儿三个。“洋炉子”太高了，父亲得常常站起来，微微地仰着脸，觑着眼睛，从氤氲的热气里伸进筷子，夹起豆腐，一一地放在我们的酱油碟里。

我们有时也自己动手，但炉子实在太高了，总还是坐享其成的多。这并不是吃饭，只是玩儿。父亲说晚上冷，吃了大家暖和些。我们都喜欢这种白水豆腐；一上桌就眼巴巴望着那锅，等着那热气，等着热气里从父亲筷子上掉下来的豆腐。

又是冬天，记得是阴历十一月十六晚上。跟S君P君在西湖里坐小划子，S君刚到杭州教书，事先来信说："我们要游西湖，不管它是冬天。"那晚月色真好，现在想起来还像照在身上。本来前一晚是"月当头"；也许十一月的月亮真有些特别吧。那时九点多了，湖上似乎只有我们一只划子。有点风，月光照着软软的水波；当间那一溜儿反光，像新砑的银子。湖上的山只剩了淡淡的影子。

山下偶尔有一两星灯火。S君口占两句诗道："数星灯火认渔村，淡墨轻描远黛痕。"我们都不大说话，只有均匀的桨声。我渐渐地快睡着了。P君"喂"了一下，才抬起眼皮，看见他在微笑。船夫问要不要上净寺去；是阿弥陀佛生日，那边蛮热闹的。到了寺里，殿上灯烛辉煌，满是佛婆念佛的声音，好像醒了一场梦。这已是十多年前的事了，S君还常常通着信，P君听说转变了好几次，前年是在一个特税局里收特税了，以后便没有消息。

在台州过了一个冬天，一家四口子。台州是个山城，可以说在一个大谷里。只有一条二里长的大街。别的路上白天简直不大见人；晚上一片漆黑。偶尔人家窗户里透出一点灯光，还有走路的拿着的火把；但那是少极了。我们住在山脚下。有的是山上松林里的风声，跟天上一只两只的鸟影。夏末到那里，春初便走，却好像老在过着冬天似的；可是即便真冬天也并不冷。我们住在楼上，书房临着大路；路上有人说话，可以清清楚楚地听见。但因为走路的人太少了，间或有点说话的声音，听起来还只当远风送来的，想不到就在窗外。我们是外路人，除上学校去之外，常只在家里坐着。妻也惯了那寂寞，只和我们爷儿们守着。外边虽老是冬天，家里却老是春天。有一回我上街去，回来的时候，楼下厨房的大方窗开着，并排地挨着她们母子三个；三张脸都带着天真微笑地向着我。似乎台州空空的，只有我们四人；天地空空的，也只有我们四人。那时是民国十年，妻刚从家里出来，满自在。现在她死了快四年了，我却还老记着她那微笑的影子。

无论怎么冷，大风大雪，想到这些，我心上总是温暖的。

tán chōu yān
谈抽烟

朱自清

烟有好有坏，味有浓有淡，能够辨味的是内行，不择烟而抽的是大方之家。

有人说，“抽烟有什么好处？还不如吃点口香糖，甜甜的，倒不错。”不用说，你知道这准是外行。口香糖也许不错，可是喜欢的怕是女人孩子居多；男人很少赏识这种玩意儿的；除非在美国，那儿怕有些个例外。一块口香糖得咀嚼老半天，还是嚼不完，凭你怎么斯文，那朵颐的样子，总遮掩不住，总有点儿不雅相。这其实不像抽烟，倒像衔橄榄。你见过衔着橄榄的人？腮帮子上凸出一块，嘴里不时地嗞儿嗞儿的。抽烟可用不着这么费劲；烟卷儿尤其省事，随便一叼上，悠然的就吸起来，谁也不来注意你。抽烟说不上是什么味道；勉强说，也许有点儿苦吧。但抽烟的不稀罕那“苦”而稀罕那“有点儿”。他的嘴太闷了，或者太闲了，就要这么点儿来凑个热闹，让他觉得嘴还是他的。嚼一块口香糖可就太多，甜甜的，够多腻味；而且有了糖也许便忘记了“我”。

抽烟其实是个玩意儿。就说抽卷烟吧，你打开匣子或罐子，抽出烟来，在桌上顿几下，衔上，擦洋火，点上。这其间每一个动作都带股劲儿，像做戏一般。自己也许不觉得，但到没有烟抽的时候，便觉得了。那时候你必然闲得无聊；特别是两只手，简直没放处。再说那吐出的烟，袅袅地缭绕着，也够你一回两回地捉摸；它可以领你走到顶远的地方去。——即便在百忙当中，也可以让你轻松一忽儿。所以老于抽烟的人，一叼上烟，真能悠然遐想。他霎时间是个自由自在的身子，无论他是靠在沙发上的绅士，还是蹲在台阶上的瓦匠。有时候他还能够叼着烟和人说闲话；自然有些含含糊糊的，但是可喜的是那满不在乎的神气。这些大概也算得游戏三昧吧。

好些人抽烟，为的有个伴儿。譬如说一个人单身住在北平，和朋友在一块儿，倒是有说有笑的，回家来，空屋子像水一样，这时候他可以摸出一支烟抽起来，借点儿暖气。黄昏来了，屋子里的东西只剩些轮廓，暂时懒得开灯，也可以点上一支烟，看烟头上的火一闪一闪的，像亲密的低语，只有自己听得出。要是生气，也不妨迁怒一下，使劲儿吸他十来口。客来了，若你倦了说不得话，或者找不出可说的，干坐着岂不着急？这时候最好拈起一支烟将嘴堵上等你对面的人。若是他也这么办，便尽时间在烟子里爬过去。各人抓着一个新伴儿，大可以盘桓一会的。

从前抽水烟旱烟，不过一种不伤大雅的嗜好，现在抽烟却成了派头。抽烟卷儿指头黄了，由他去。用烟嘴不独麻烦，也小气，又跟烟隔得那么老远的。今儿大褂上一个窟笼，明儿坎肩上一个，由他去。一支烟里的尼古丁可以毒死一个小麻雀，也由他去。总之，蹩蹩扭扭的，其实也还是个“满不在乎”罢了。烟有好有坏，味有浓有淡，能够辨味的是内行，不择烟而抽的是大方之家。

jiǎng shēng dēng yǐng lǐ de
桨声灯影里的
qín huái hé
秦淮河

朱自清

竞发的喧嚣，抑扬的不齐，远近的杂沓，和乐器的嘈嘈切切，合成另一意味的谐音，也使我们无所适从，如随着大风而走。这实在因为我们的心枯涩久了，变为脆弱；故偶然润泽一下，便疯狂似的不能自主了。

一九二三年八月的一晚，我和平伯同游秦淮河；平伯是初泛，我是重来了。我们雇了一只“七板子”，在夕阳已去，皎月方来的时候，便下了船。于是桨声汩——汩，我们开始领略那晃荡着蔷薇色的历史的秦淮河的滋味了。

秦淮河里的船，比北京万牲园、颐和园的船好，比西湖的船好，比扬州瘦西湖的船也好。这几处的船不是觉着笨，就是觉着简陋、局促；都不能引起乘客们的情韵，如秦淮河的船一样。秦淮河的船约略可分为两种：一是大船；一是小船，就是所谓“七板子”。大船舱口阔大，可容二三十人。里面陈设着字画和光洁的红木家具，桌上一律嵌着冰凉的大理石面。窗格雕镂颇细，使人起柔腻之感。窗格里映着红色蓝色的玻璃；玻璃上有精致的花纹，也颇悦人目。

“七板子”规模虽不及大船，但那淡蓝色的栏干，空敞的舱，也足系人情思。而最出色处却在它的舱前。舱前是甲板上的一部。上面有弧形的顶，两边用疏疏的栏干支着。里面通常放着两张藤的躺椅。躺下，可以谈天，可以望远，可以顾盼两岸的河房。大船上也有这个，便在小船上更觉清隽罢了。舱前的顶下，一律悬着灯彩；灯的多少、明暗，彩苏的精粗、艳晦，是不一的。但好歹总还你一个灯彩。这灯彩实在是最能钩人的东西。

夜幕垂垂地下来时，大小船上都点起灯火。从两重玻璃里映出那辐射着的黄黄的散光，反晕出一片朦胧的烟霭；透过这烟霭，在黯黯的水波里，又逗起缕缕的明漪。在这薄霭和微漪里，听着那悠然的间歇的桨声，谁能不被引入他的美梦去呢？只愁梦太多了，这些大小船儿如何载得起呀？我们这时模模糊糊的谈着明末的秦淮河的艳迹，如《桃花扇》及《板桥杂记》里所载的。我们真神往了。我们仿佛亲见那时华灯映水，画舫凌波的光景了。于是我们的船便成了历史的重载了。我们终于恍然秦淮河的船所以雅丽过于他处，而又有奇异的吸引力的，实在是许多历史的影像使然了。

秦淮河的水是碧阴阴的；看起来厚而不腻，或者是六朝金粉所凝么？我们初上船的时候，天色还未断黑，那漾漾的柔波是这样的恬静、委婉，使我们一面有水阔天空之想，一面又憧憬着纸醉金迷之境了。等到灯火明时，阴阴的变为沉沉了：黯淡的水光，像梦一般；那偶然闪烁着的光芒，就是梦的眼睛了。我们坐在舱前，因了那隆起的顶棚，仿佛总是昂着首向前走着似的；于是飘飘然如御风而行的我们，看着那些自在的湾泊着的船，船里走马灯般的人物，便像是下界一般，迢迢的远了，又像在雾里看花，尽朦朦胧胧的。

这时我们已过了利涉桥，望见东关头了。沿路听见断续的歌声：有从沿河的妓楼飘来的，有从河上船里渡来的。我们明知那些歌声，只是些因袭的言词，从生涩的歌喉里机械的发出来的；但它们经了夏夜的微风的吹漾和水波的摇拂，袅娜着到我们耳边的时候，已经不单是她们的歌声，而混着微风和河水的密语了。于是我们不得不被牵惹着，震撼着，相与浮沉于这歌声里了。从东关头转湾，不久就到大中桥。大中桥共有三个桥拱，都很阔大，俨然是三座门儿；使我们觉得我们的船和船里的我们，在桥下过去时，真是太无颜色了。桥砖是深褐色，表明它的历史的长久；但都完好无缺，令人太息于古昔工程的坚美。桥上两旁都是木壁的房子，中间应该有街路？这些房子都破旧了，多年烟熏的迹，遮没了当年的美丽。我想象秦淮河的极盛时，在这样宏阔的桥上，特地盖了房子，必然是髹漆得富富丽丽的；晚间必然是灯火通明的。现在却只剩下一片黑沉沉！但是桥上造着房子，毕竟使我们多少可以想见往日的繁华；这也慰情聊胜无了。过了大中桥，便到了灯月交辉、笙歌彻夜的秦淮河；这才是秦淮河的真面目哩。

大中桥外，顿然空阔，和桥内两岸排着密密的人家的大异了。一眼望去，疏疏的林，淡淡的月，衬着蓝蔚的天，颇像荒江野渡光景；那边呢，郁丛丛的，阴森森的，又似乎藏着无边的黑暗：令人几乎不信那是繁华的秦淮河了。但是河中眩晕着的灯光，纵横着的画舫，悠扬着的笛韵，夹着那吱吱的胡琴声，终于使我们认识绿如茵陈酒的秦淮水了。此地天裸露着的多些，故觉夜来的独迟些；从清清的水影里，我们感到的只是薄薄的夜——这正是秦淮河的夜。大中桥外，本来还有一座复成桥，是船夫口中的我们的游踪尽处，或也是秦淮河繁华的尽处了。我的脚曾踏过复成桥的脊，在十三四岁的时候。但是两次游秦淮河，却都不曾见着复成桥的面；明知总在前途的，却常觉得有些虚无缥缈似的。我想，不见倒也好。这时正是盛夏。我们下船后，借着新生的晚凉和河上的微风，暑气已渐渐消散；到了此地，豁然开朗，身子顿然轻了——习习的清风荏苒在面上，手上，衣上，这便又感到了一缕新凉了。南京的日光，大概没有杭州猛烈；西湖的夏夜老是热蓬蓬的，水像沸着一般，秦淮河的水却尽是这样冷冷地绿着。任你人影的憧憧，歌声的扰扰，总像隔着一层薄薄的绿纱面幂似的；它尽是这样静静的、冷冷的绿着。我们出了大中桥，走不上半里路，船夫便将船划到一旁，停了桨由它宕着。他以为那里正是繁华的极点，再过去就是荒凉了；所以让我们多多赏鉴一会儿。

他自己却静静地蹲着。他是看惯这光景的了，大约只是一个无可无不可。这无可无不可，无论是升的沉的，总之，都比我们高了。

那时河里闹热极了：船大半泊着，小半在水上穿梭似的来往。停泊着的都在近市的那一边，我们的船自然也夹在其中。因为这边略略的挤，便觉得那边十分的疏了。在每一只船从那边过去时，我们能画出它的轻轻的影和曲曲的波，在我们的心上；这显着是空，且显着是静了。那时处处都是歌声和凄厉的胡琴声，圆润的喉咙，确乎是很少的。但那生涩的，尖脆的调子能使人有少年的、粗率不拘的感觉，也正可快我们的意。况且多少隔开些儿听着，因为想象与渴慕的做美，总觉更有滋味；而竞发的喧嚣，抑扬的不齐，远近的杂沓，和乐器的嘈嘈切切，合成另一意味的谐音，也使我们无所适从，如随着大风而走。这实在因为我们的心枯涩久了，变为脆弱；故偶然润泽一下，便疯狂似的不能自主了。但秦淮河确也腻人。即如船里的人面，无论是和我们一堆儿泊着的，无论是从我们眼前过去的，总是模模糊糊的，甚至渺渺茫茫的；任你张圆了眼睛，揩净了眦垢，也是枉然。这真够人想呢。

在我们停泊的地方，灯光原是纷然的；不过这些灯光都是黄而有晕的。黄已经不能明了，再加上了晕，便更不成了。灯愈多，晕就愈甚；在繁星般的黄的交错里，秦淮河仿佛笼上了一团光雾。光芒与雾气腾腾的晕着，什么都只剩了轮廓了；所以人面的详细的曲线，便消失于我们的眼底了。但灯光究竟夺不了那边的月色；灯光是浑的，月色是清的，在浑沌的灯光里，渗入了一派清辉，却真是奇迹！那晚月儿已瘦削了两三分。她晚妆才罢，盈盈的上了柳梢头。天是蓝得可爱，仿佛一汪水似的；月儿便更出落得精神了。岸上原有三株两株的垂杨树，淡淡的影子，在水里摇曳着。它们那柔细的枝条浴着月光，就像一只只美人的臂膊，交互的缠着，挽着；又像是月儿披着的发。而月儿偶然也从它们的交叉处偷偷窥看我们，大有小姑娘怕羞的样子。岸上另有几株不知名的老树，光光的立着；在月光里照起来，却又俨然是精神矍铄的老人。远处——快到天际线了，才有一两片白云，亮得现出异彩，像美丽的贝壳一般。白云下便是黑黑的一带轮廓；是一条随意画的不规则的曲线。这一段光景，和河中的风味大异了。但灯与月竟能并存着，交融着，使月成了缠绵的月，灯射着渺渺的灵辉；这正是天之所以厚秦淮河，也正是天之所以厚我们了。

这时却遇着了难解的纠纷。秦淮河上原有一种歌妓，是以歌为业的。从前都在茶舫上，唱些大曲之类。每日午后一时起；什么时候止，却忘记了。晚上照样也有一回，也在黄晕的灯光里。我从前过南京时，曾随着朋友去听过两次。因为茶舫里的人脸太多了，觉得不大适意，终于听不出所以然。前年听说歌妓被取缔了，不知怎的，颇涉想了几次——却想不出什么。这次到南京，先到茶舫上去看看，觉得颇是寂寥，令我无端的怅怅了。不料她们却仍在秦淮河里挣扎着，不料她们竟会纠缠到我们，我于是很张皇了。她们也乘着“七板子”，她们总是坐在舱前的。舱前点着石油汽灯，光亮眩人眼目：坐在下面的，自然是纤毫毕见了——引诱客人们的力量，也便在此了。舱里躲着乐工等人，映着汽灯的余辉蠕动着；他们是永远不被注意的。每船的歌妓大约都是二人；天色一黑，她们的船就在大中桥外往来不息的兜生意。无论行着的船，泊着的船，都要来兜揽的。这都是我后来推想出来的。那晚不知怎样，忽然轮着我们的船了。我们的船好好的停着，一只歌舫划向我们来了；渐渐和我们的船并着了。铄铄的灯光逼得我们皱起了眉头；我们的风尘色全给它托出来了，这使我踧踖不安了。

那时一个伙计跨过船来，拿着摊开的歌折，就近塞向我的手里，说，"点几出吧！"他跨过来的时候，我们船上似乎有许多眼光跟着。同时相近的别的船上也似乎有许多眼睛炯炯的向我们船上看着。我真窘了！我也装出大方的样子，向歌妓们瞥了一眼，但究竟是不成的！我勉强将那歌折翻了一翻，却不曾看清了几个字；便赶紧递还那伙计，一面不好意思地说，"不要，我们……不要。"他便塞给平伯。平伯掉转头去，摇手说，"不要！"那人还腻着不走。平伯又回过脸来，摇着头道，"不要！"于是那人重到我处。我窘着再拒绝了他。他这才有所不屑似的走了。我的心立刻放下，如释了重负一般。我们就开始自白了。

我说我受了道德律的压迫，拒绝了她们；心里似乎很抱歉的。这所谓抱歉，一面对于她们，一面对于我自己。她们于我们虽然没有很奢的希望；但总有些希望的。我们拒绝了她们，无论理由如何充足，却使她们的希望受了伤；这总有几分不作美了。这使我觉得很怅怅的。至于我自己，更有一种不足之感。

我这时被四面的歌声诱惑了，降服了；但是远远的，远远的歌声总仿佛隔着重衣搔痒似的，越搔越搔不着痒处。我于是憧憬着帖耳的妙音了。在歌舫划来时，我的憧憬，变为盼望；我固执的盼望着，有如饥渴。虽然从浅薄的经验里，也能够推知，那帖耳的歌声，将剥去了一切的美妙；但一个平常的人像我的，谁愿凭了理性之力去丑化未来呢？我宁愿自己骗着了。不过我的社会感性是很敏锐的；我的思力能拆穿道德律的西洋镜，而我的感情却终于被它压服着。我于是有所顾忌了，尤其是在众目昭彰的时候。道德律的力，本来是民众赋予的；在民众的面前，自然更显出它的威严了。我这时一面盼望，一面却感到了两重的禁制：一，在通俗的意义上，接近妓者总算一种不正当的行为；二，妓是一种不健全的职业，我们对于她们，应有哀矜勿喜之心，不应赏玩的去听她们的歌。在众目睽睽之下，这两种思想在我心里最为旺盛。她们暂时压倒了我的听歌的盼望，这便成就了我的灰色的拒绝。那时的心实在异常状态中，觉得颇是昏乱。歌舫去了，暂时宁静之后，我的思绪又如潮涌了。两个相反的意思在我心头往复：卖歌和卖淫不同，听歌和狎妓不同，又干道德甚事？——但是，但是，她们既被逼的以歌为业，她们的歌必无艺术味的；况她们的身世，我们究竟该同情的。所以拒绝倒也是正办。但这些意思终于不曾撇开我的听歌的盼望。它力量异常坚强；它总想将别的思绪踏在脚下。从这重重的争斗里，我感到了浓厚的不足之感。这不足之感使我的心盘旋不安，起坐都不安宁了。

唉！我承认我是一个自私的人！平伯呢，却与我不同。他引周启明先生的诗，“因为我有妻子，所以我爱一切的女人，因为我有子女，所以我爱一切的孩子。”他的意思可以见了。他因为推及的同情，爱着那些歌妓，并且尊重着她们，所以拒绝了她们。在这种情形下，他自然以为听歌是对于她们的一种侮辱。但他也是想听歌的，虽然不和我一样。所以在他的心中，当然也有一番小小的争斗；争斗的结果，是同情胜了。至于道德律，在他是没有什么的；因为他很有蔑视一切的倾向，民众的力量在他是不大觉着的。这时他的心意的活动比较简单，又比较松弱，故事后还怡然自若；我却不能了。这里平伯又比我高了。

在我们谈话中间，又来了两只歌舫。伙计照前一样的请我们点戏，我们照前一样的拒绝了。我受了三次窘，心里的不安更甚了。清艳的夜景也为之减色。船夫大约因为要赶第二趟生意，催着我们回去；我们无可无不可的答应了。我们渐渐和那些晕黄的灯光远了，只有些月色冷清清的随着我们的归舟。我们的船竟没个伴儿，秦淮河的夜正长哩！

到大中桥近处，才遇着一只来船。这是一只载妓的板船，黑漆漆的没有一点光。船头上坐着一个妓女；暗里看出，白地小花的衫子，黑的下衣。她手里拉着胡琴，口里唱着青衫的调子。她唱得响亮而圆转；当她的船箭一般驶过去时，余音还袅袅的在我们耳际，使我们倾听而向往。想不到在弩末的游踪里，还能领略到这样的清歌！

这时船过大中桥了，森森的水影，如黑暗张着巨口，要将我们的船吞了下去。我们回顾那渺渺的黄光，不胜依恋之情：我们感到了寂寞了！

这一段地方夜色甚浓，又有两头的灯火招邀着；桥外的灯火不用说了，过了桥另有东关头疏疏的灯火。我们忽然仰头看见依人的素月，不觉深悔归来之早了！走过东关头，有一两只大船湾泊着，又有几只船向我们来着。嚣嚣的一阵歌声人语，仿佛笑我们无伴的孤舟哩。东关头转湾，河上的夜色更浓了；临水的妓楼上，时时从帘缝里射出一线一线的灯光；仿佛黑暗从酣睡里眨了一眨眼。

我们默然的对着，静听那汩——汩的桨声，几乎要入睡了；朦胧里却温寻着适才的繁华的余味。我那不安的心在静里愈显活跃了！这时我们都有了不足之感，而我的更其浓厚。我们却只不愿回去，于是只能由懊悔而怅惘了。船里便满载着怅惘了。

直到利涉桥下，微微嘈杂的人声，才使我豁然一惊；那光景却又不同。右岸的河房里，都大开了窗户，里面亮着晃晃的电灯，电灯的光射到水上，蜿蜒曲折，闪闪不息，正如跳舞着的仙女的臂膊。我们的船已在她的臂膊里了；如睡在摇篮里一样，倦了的我们便又入梦了。那电灯下的人物，只觉像蚂蚁一般，更不去萦念。这是最后的梦；可惜是最短的梦！黑暗重复落在我们面前，我们看见傍岸的空船上一星两星的，枯燥无力而又摇摇不定的灯光。我们的梦醒了，我们知道就要上岸了；我们心里充满了幻灭的情思。

桨声灯影里的秦淮河

jiǎng shēng dēng yǐng lǐ de qín huái hé

俞平伯

我们消受得秦淮河上的灯影，当圆月犹皎的仲夏之夜。

我们消受得秦淮河上的灯影，当圆月犹皎的仲夏之夜。

在茶店里吃了一盘豆腐干丝、两个烧饼之后，以歪歪的脚步踅上夫子庙前停泊着的画舫，就懒洋洋躺到藤椅上去了。好郁蒸的江南，傍晚也还是热的。“快开船罢！”桨声响了。

小的灯舫初次在河中荡漾；于我，情景是颇朦胧，滋味是怪羞涩的。我要错认它作七里的山塘；可是，河房里明窗洞启，映着玲珑入画的曲栏干，顿然省得身在何处了。佩弦呢，他已是重来，很应当消释一些迷惘的。但看他太频繁地摇着我的黑纸扇。胖子是这个样怯热的吗？

又早是夕阳西下，河上妆成一抹胭脂的薄媚。是被青溪的姊妹们所熏染的吗？还是匀得她们脸上的残脂呢？寂寂的河水，随双桨打它，终是没言语。密匝匝的绮恨逐老去的年华，已都如蜜饧似的融在流波的心窝里，连呜咽也将嫌它多事，更哪里论到哀嘶。心头，宛转的凄怀；口内，徘徊的低唱；留在夜夜的秦淮河上。

在利涉桥边买了一匣烟，荡过东关头，渐荡出大中桥了。船儿悄悄地穿出连环着的三个壮阔的涵洞，青溪夏夜的韶华已如巨幅的画豁然而抖落。哦！凄厉而繁的弦索，颤岔而涩的歌喉，杂着吓哈的笑语声、劈拍的竹牌响，更能把诸楼船上的华灯彩绘，显出火样的鲜明、火样的温煦了。小船儿载着我们，在大船缝里挤着，挨着，抹着走。它忘了自己也是今宵河上的一星灯火。

既踏进所谓“六朝金粉气”的销金锅，谁不笑笑呢！今天的一晚，且默了滔滔的言说，且舒了恻恻的情怀，暂且学着，姑且学着我们平时认为在醉里梦里的他们的憨痴笑语。看！初上的灯儿们一点点掠剪柔腻的波心，梭织地往来，把河水都皴得微明了。纸薄的心旌，我的，尽无休息地跟着它们飘荡，以至于怦怦而内热。这还好说什么的！如此说，诱惑是诚然有的，且于我已留下不易磨灭的印记。至于对榻的那一位先生，自认曾经一度摆脱了纠缠的他，其辩解又在何处？这实在非我所知。

我们，醉不以涩味的酒，以微漾着，轻晕着的夜的风华。不是什么欣悦，不是什么慰藉，只感到一种怪陌生，怪异样的朦胧。朦胧之中似乎胎孕着一个如花的笑——这么淡，那么淡的倩笑。淡到已不可说，已不可拟，且已不可想；但我们终久是眩晕在它离合的神光之下的。我们没法使人信它是有，我们不信它是没有。勉强哲学地说，这或近于佛家的所谓“空”，既不当鲁莽说它是“无”，也不能径直说它是“有”。或者说“有”是有的，只因无可比拟形容那“有”的光景；故从表面看，与“没有”似不生分别。若定要我再说得具体些：譬如东风初劲时，直上高翔的纸鸢，牵线的那人儿自然远得很了，知她是哪一家呢？但凭那鸢尾一缕飘绵的彩线，便容易揣知下面的人寰中，必有微红的一双素手，卷起轻绡的广袖，牢担荷小纸鸢儿的命根的。飘翔岂不是东风的力，又岂不是纸鸢的含德；但其根株却将另有所寄。请问，这和纸鸢的省悟与否有何关系？故我们不能认笑是非有，也不能认朦胧即是笑。我们定应当如此说，朦胧里胎孕着一个如花的幻笑，和朦胧又互相混融着的；因它本来是淡极了，淡极了这么一个。

漫题那些纷烦的话，船儿已将泊在灯火的丛中去了。对岸有盏跳动的汽油灯，佩弦便硬说它远不如微黄的灯火。我简直没法和他分证那是非。

时有小小的艇子急忙忙打桨，向灯影的密流里横冲直撞。冷静孤独的油灯映见黯淡久的画船头上，秦淮河姑娘们的靓妆。茉莉的香，白兰花的香，脂粉的香，纱衣裳的香……微波泛滥出甜的暗香，随着她们那些船儿荡，随着我们这船儿荡，随着大大小小一切的船儿荡。有的互相笑语，有的默然不响，有的衬着胡琴亮着嗓子唱。一个，三两个，五六七个，比肩坐在船头的两旁，也无非多添些淡薄的影儿葬在我们的心上——太过火了，不至于罢，早消失在我们的眼皮上。谁都是这样急忙忙的打着桨，谁都是这样向灯影的密流里冲着撞；又何况久沉沦的她们，又何况飘泊惯的我们俩。当时浅浅的醉，今朝空空的惆怅；老实说，咱们萍泛的绮思不过如此而已，至多也不过如此而已。你且别讲，你且别想！这无非是梦中的电光，这无非是无明的幻相，这无非是以零星的火种微炎在大欲的根苗上。扮戏的咱们，散了场一个样，然而，上场锣，下场锣，天天忙，人人忙。看！吓！载送女郎的艇子才过去，货郎担的小船不是又来了？一盏小煤油灯，一舱的什物，他也忙得来像手里的摇铃，这样丁冬而郎当。

杨枝绿影下有条华灯璀璨的彩舫在那边停泊。我们那船不禁也依傍短柳的腰肢，欹侧地歇了。游客们的大船，歌女们的艇子，靠着。唱的拉着嗓子；听的歪着头，斜着眼，有的甚至于跳过她们的船头。如那时有严重些的声音，必然说："这哪里是什么旖旎风光！"咱们真是不知道，只模糊地觉着在秦淮河船上板起方正的脸是怪不好意思的。咱们本是在旅馆里，为什么不早早入睡，掂着牙儿，领略那"卧后清宵细细长"；而偏这样急急忙忙跑到河上来无聊浪荡？

还说那时的话，从杨柳枝的乱鬓里所得的境界，照规矩，外带三分风华的。况且今宵此地，动荡着有灯火的明姿。况且今宵此地，又是圆月欲缺未缺，欲上未上的黄昏时候。叮当的小锣，伊轧的胡琴，沉填的大鼓……弦吹声腾沸遍了三里的秦淮河。喳喳嚷嚷的一片，分不出谁是谁，分不出那儿是那儿，只有整个的繁喧来把我们包填。仿佛都抢着说笑，这儿夜夜尽是如此的，不过初上城的乡下老是第一次呢。真是乡下人，真是第一次。

穿花蝴蝶样的小艇子多到不和我们相干。货郎担式的船，曾以一瓶汽水之故而拢近来，这是真的。至于她们呢，即使偶然灯影相偎而切掠过去，也无非瞧见我们微红的脸罢了，不见得有什么别的。可是，夸口早哩！——来了，竟向我们来了！不但是近，且拢着了。船头傍着，船尾也傍着；这不但是拢着，且并着了。断并着倒还不很要紧，且有人扑冬地跨上我们的船头了。这岂不大吃一惊！幸而来的不是姑娘们，还好。（她们正冷冰冰地在那船头上。）来人年纪并不大，神气倒怪狡猾，把一扣破烂的手折，摊在我们眼前，让细瞧那些戏目，好好儿点个唱。他说：“先生，这是小意思。”诸君，读者，怎么办？

好，自命为超然派的来看榜样！两船挨着，灯光愈皎，见佩弦的脸又红起来了。那时的我是否也这样？这当转问他。（我希望我的镜子不要过于给我下不去。）老是红着脸终久不能打发人家走路的，所以想个法子在当时是很必要。说来也好笑。我的老调是一味的默，或干脆说个“不”，或者摇摇头，摆摆手表示“决不”。如今都已使尽了。佩弦便进了一步，他嫌我的方术太冷漠了，又未必中用，摆脱纠缠的正当道路惟有辩解。好吗！听他说：“你不知道？这事我们是不能做的。”这是诸辩解中最简洁，最漂亮的一个。可惜他所说的“不知道？”来人倒真有些“不知道！”

辜负了这二十分聪明的反语。他想得有理由，你们为什么不能做这事呢？因这“为什么？”佩弦又有进一层的曲解。那知道更坏事，竟只博得那些船上人的一哂而去。他们平常虽不以聪明名家，但今晚却又怪聪明，如洞彻我们的肺肝一样的。这故事即我情愿讲给诸君听，怕有人未必愿意哩。“算了罢，就是这样算了罢！”恕我不再写下了，以外的让他自己说。

叙述只是如此，其实那时连翩而来的，我记得至少也有三五次。我们把它们一个一个的打发走路。但走的是走了，来的还正来。我们可以使它们走，我们不能禁止它们来。我们虽不轻易被摇撼，但已有一点杌陧了。况且小艇上总载去一半的失望和一半的轻蔑，在桨声里仿佛狠狠地说，“都是呆子，都是吝啬鬼！”还有我们的船家（姑娘们卖个唱，他可以赚几个子的佣金。）眼看她们一个一个的去远了，呆呆的蹲踞着，怪无聊赖似的。碰着了这种外缘，无怒亦无哀，惟有一种情意的紧张，使我们从颓弛中体会出挣扎来。这味道倒许很真切的，只恐怕不易为倦鸦似的人们所喜。

曾游过秦淮河的到底乖些。佩弦告船家：“我们多给你酒钱，把船摇开，别让他们来噜苏。”自此以后，桨声复响，还我以平静了，我们俩又渐渐无拘无束舒服起来，又滔滔不断地来谈谈方才的经过。今儿是算怎么一回事？我们齐声说，欲的胎动无可疑的。正如水见波痕轻婉已极，与未波时究不相类。微醉的我们，洪醉的他们，深浅虽不同，却同为一醉。接着来了第二问，既自认有欲的微炎，为什么艇子来时又羞涩地躲了呢？在这儿，答语参差着。佩弦说他的是一种暗昧的道德意味，我说是一种似较深沉的眷爱。我只背诵岂明君的几句诗给佩弦听，望他曲喻我的心胸。可恨他今天似乎有些发钝，反而追着问我。

前面已是复成桥。青溪之东，暗碧的树梢上面微耀着一桁的清光。我们的船就缚在枯柳桩边待月。其时河心里晃荡着的，河岸头歇泊着的各式灯船，望去，少说点也有十廿来只。惟不觉繁喧，只添我们以幽甜。虽同是灯船，虽同是秦淮，虽同是我们；却是灯影淡了，河水静了，我们倦了，——况且月儿将上了。灯影里的昏黄，和月下灯影里的昏黄原是不相似的，又何况入倦的眼中所见的昏黄呢。灯光所以映她的秾姿，月华所以洗她的秀骨，以蓬腾的心焰跳舞她的盛年，以饧涩的眼波供养她的迟暮。必如此，才会有圆足的醉，圆足的恋，圆足的颓弛，成熟了我们的心田。

犹未下弦，一丸鹅蛋似的月，被纤柔的云丝们簇拥上了一碧的遥天。冉冉地行来，冷冷地照着秦淮。我们已打桨而徐归了。归途的感念，这一个黄昏里，心和境的交萦互染，其繁密殊超我们的言说。主心主物的哲思，依我外行人看，实在把事情说得太嫌简单，太嫌容易，太嫌分明了。实有的只是浑然之感。就论这一次秦淮夜泛罢，从来处来，从去处去，分析其间的成因自然亦是可能；不过求得圆满足尽的解析，使片段的因子们合拢来代替刹那间所体验的实有，这个我觉得有点不可能，至少于现在的我们是如此的。凡上所叙，请读者们只看作我归来后，回忆中所偶然留下的千百分之一二，微薄的残影。若所谓"当时之感"，我决不敢望诸君能在此中窥得。即我自己虽正在这儿执笔构思，实在也无从重新体验出那时的情景。说老实话，我所有的只是忆。我告诸君的只是忆中的秦淮夜泛。至于说到那“当时之感”，这应当去请教当时的我。而他久飞升了，无所存在。

…………

凉月凉风之下，我们背着秦淮河走去，悄默是当然的事了。如回头，河中的繁灯想定是依然。我们却早已走得远，“灯火未阑人散”；佩弦，诸君，我记得这就是在南京四日的酣嬉，将分手时的前夜。

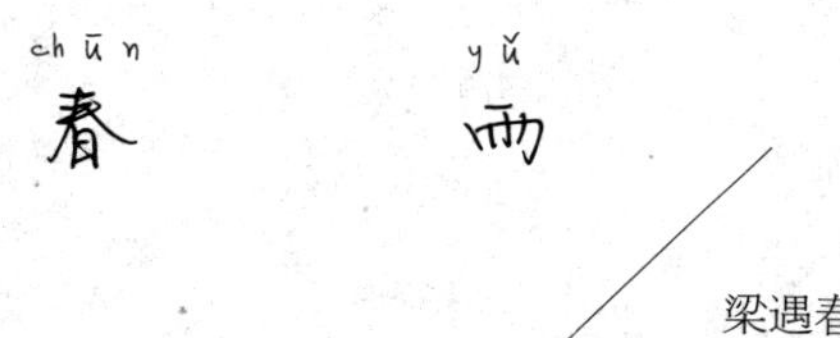

可是最妙的境界恐怕是尺牍里面那句滥调，所谓“春雨缠绵”罢。

整天的春雨，接着是整天的春阴，这真是世上最愉快的事情了。我向来厌恶晴朗的日子，尤其是骄阳的春天；在这个悲惨的地球上忽然来了这么一个欣欢的气象，简直像无聊赖的主人宴饮生客时拿出来的那副古怪笑脸，完全显出宇宙里的白痴成分。在所谓大好的春光之下，人们都到公园大街或者名胜地方去招摇过市，像猩猩那样嘻嘻笑着，真是得意忘形，弄到变成为四不像了。可是阴霾四布或者急雨滂沱的时候，就是最沾沾自喜的财主也会感到苦闷，因此也略带了一些人的气味，不像好天气时候那样望着阳光，盛气凌人地大踏步走着，颇有上帝在上，我得其所的意思。至于懂得人世哀怨的人们，黯淡的日子可说是他们唯一光荣的时光。苍穹替他们流泪，乌云替他们皱眉，他们觉到四围都是同情的空气，仿佛一个堕落的女子躺在母亲怀中，看见慈母一滴滴的热泪溅到自己的泪痕，真是润遍了枯萎的心田。斗室中默坐着，忆念十载相违的密友，已经走去的情人，想起生平种种的坎坷，一身经历的苦楚，倾听窗外檐前凄清的滴沥，仰观波涛浪涌，似无止期的雨云，这时一切的荆棘都化做洁净的白莲花了，好比中古时代那班圣者被残杀后所显的神迹。

“最难风雨故人来”，阴森森的天气使我们更感到人世温情的可爱，替从苦雨凄风中来的朋友倒上一杯热茶时候，我们很有放下屠刀，立地成佛子的心境。

“风雨如晦，鸡鸣不已”，人类真是只有从悲哀里滚出来才能得到解脱，千锤百炼，腰间才有这一把明晃晃的钢刀，“今日把似君，谁为不平事”“山雨欲来风满楼”，这很可以象征我们孑立人间，尝尽辛酸，远望来日大难的气概，真好像思乡的客子拍着阑干，看到郭外的牛羊，想起故里的田园，怀念着宿草新坟里当年的竹马之交，泪眼里仿佛模糊辨出龙钟的父老蹒跚走着，或者只瞧见几根靠在破壁上的拐杖的影子。所谓生活术恐怕就在于怎么样当这么一个临风的征人罢。无论是风雨横来，无论是澄江一练，始终好像惦记着一个花一般的家乡，那可说就是生平理想的结晶，蕴在心头的诗情，也就是明哲保身的最后壁垒了；可是同时还能够认清眼底的江山，把住自己的步骤，不管这个异地的人们是多么残酷，不管这个他乡的水土是多么不惯，却能够清瘦地站着，戛戛然好似狂风中的老树。能够忍受，却没有麻木，能够多情，却不流于感伤，仿佛楼前的春雨，悄悄下着，遮住耀目的阳光，却滋润了百草同千花。檐前的燕子躲在巢中，对着如丝如梦的细雨呢喃，真有点像也向我道出此中的消息。

可是春雨有时也凶猛得可以，风驰电掣，从高山倾泻下来也似的，万紫千红，都付诸流水，看起来好像是煞风景的，也许是别有怀抱罢。生平性急，一二知交常常焦急万分地苦口劝我，可是暗室扪心，自信绝不是追逐事功的人，不过对于纷纷扰扰的劳生却常感到厌倦，所谓性急无非是疲累的反响罢。有时我却极有耐心，好像废殿上的玻璃瓦，一任他风吹雨打，霜蚀日晒，总是那样子痴痴地望着空旷的青天。我又好像能够在没字碑面前坐下，慢慢地去冥想这块石板的深意，简直是个蒲团已碎，呆然趺坐着的老僧，想赶快将世事了结，可以抽身到紫竹林中去逍遥，跟把世事撇在一边，大隐隐于市，就站在热闹场中来仰观天上的白云，这两种心境原来是不相矛盾的。我虽然还没有，而且绝不会跳出人海的波澜，但是拳拳之意自己也略知一二，大概摆动于焦燥与倦怠之间，总以无可奈何天为中心罢。所以我虽然爱濛濛茸茸的细雨，我也爱大刀阔斧的急雨，纷至沓来，洗去阳光，同时也洗去云雾，使我们想起也许此后永无风恬日美的光阴了，也许老是一阵一阵的暴雨，将人世哀乐的踪迹都漂到大海里去，白浪一翻，什么渣滓也看不出了。焦燥同倦怠的心境在此都得到涅槃的妙悟，整个世界就像客走后，撇下筵席洗得顶干净，排在厨房架子上的杯盘。当个主妇的创造主看着大概也会微笑罢，觉得一天的工作总算告终了。最少我常常臆想这个还了本来面目的大地。

可是最妙的境界恐怕是尺牍里面那句滥调，所谓“春雨缠绵”罢。一连下了十几天的霉雨，好像再也不会晴了，可是时时刻刻都有晴朗的可能。有时天上现出一大片的澄蓝，雨脚也慢慢收束了，忽然间又重新点滴凄清起来，那种捉摸不到，万分别扭的神情真可以做这个哑谜一般的人生的象征。记得十几年前每当连朝春雨的时候，常常剪纸作和尚形状，把他倒贴在水缸旁边，意思是叫老天不要再下雨了，虽然看到院子里雨脚下一粒一粒新生的水泡我总觉到无限的欣欢，尤其当急急走过檐前，脖子上溅几滴雨水的时候。可是那时我对于春雨的情趣是不知不觉之间领略到的，并没有凝神去寻找，等到知道怎么样去欣赏恬适的雨声时候，我却老在干燥的此地做客，单是夏天回去，看看无聊的骤雨，过一过雨瘾罢了。

因此“小楼一夜听春雨”的快乐当面错过，从我指尖上滑走了，盛年时候好梦无多，到现在彩云已散，一片白茫茫，生活不着边际，如堕五里雾中，对于春雨的怅惘只好算做内中的一小节罢，可是仿佛这一点很可以代表我整个的悲哀情绪。但是我始终喜欢冥想春雨，也许因为我对于自己的愁绪很有顾惜爱抚的意思；我常常把陶诗改过来，向自己说道："衣沾不足惜，但愿恨无违。"我会爱凝恨也似的缠绵春雨，大概也因为自己有这种的心境罢。

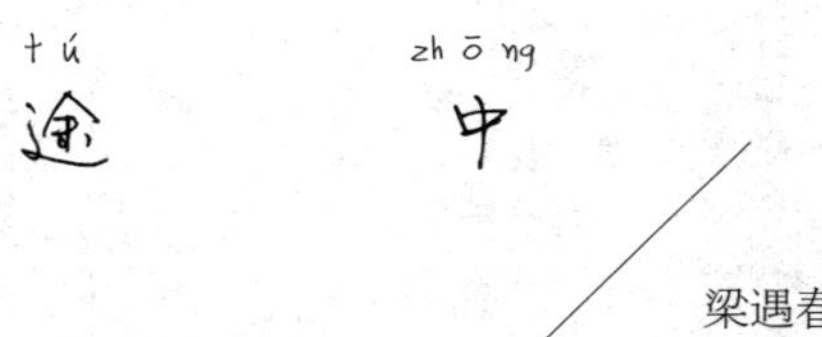

梁遇春

将来的事，谁去管它，也许这条路有一天也归于毁灭。我们还是今天有路今天走罢，最要紧的是不要闭着眼睛，朦胧一生，始终没有看到了世界。

今天是个潇洒的秋天，飘着零雨，我坐在电车里，看到沿途店里的伙计们差不多都是懒洋洋地在那里谈天，看报，喝茶——喝茶的尤其多，因为今天实在有点冷起来了。还有些只是倚着柜头，望望天色。总之纷纷扰扰的十里洋场顿然现出闲暇悠然的气概，高楼大厦的商店好像都化做三间两舍的隐庐，里面那班平常替老板挣钱，向主顾赔笑的伙计们也居然感到了生活余裕的乐处，正在拉闲扯散地过日，仿佛全是古之隐君子了。

路上的行人也只是稀稀的几个，连坐在电车里面上银行去办事的洋鬼子们也燃着烟斗，无聊赖地看报上的广告，平时的燥气全消，这大概是那件雨衣的效力罢！

到了北站，换上去西乡的公共汽车，雨中的秋之田野是别有一种风味的。外面的蒙蒙细雨是看不见的，看得见的只是车窗上不断地来临的小雨点，同河面上错杂得可喜的纤纤雨脚。此外还有粉般的小雨点从破了的玻璃窗进来，栖止在我的脸上。我虽然有些寒战，但是受了雨水的洗礼，精神变成格外地清醒。已撄世网，醉生梦死久矣的我真不容易有这么清醒，这么气爽。再看外面的景色，既没有像春天那娇艳得使人们感到它的不能久留，也不像冬天那样树枯草死，好似世界是快毁灭了，却只是静默默地，一层轻轻的雨雾若隐若现地盖着，把大地美化了许多，我不禁微吟着乡前辈姜白石的诗句，真是“人生难得秋前雨”。

忽然想到今天早上她皱着眉头说道：“这样凄风苦雨的天气，你也得跑那么远的路程，这真可厌呀！”我暗暗地微笑。她哪里晓得我正在凭窗赏玩沿途的风光呢？她或者以为我现在必定是哭丧着脸，像个到刑场的死囚，万不会想到我正流连着这叶尚未凋、草已添黄的秋景。同情是难得的，就是错误的同情也是无妨，所以我就让她老是这样可怜着我的仆仆风尘罢；并且有时我有什么逆意的事情，脸上露出不豫的颜色，可以借路中的辛苦来遮掩，免得她一再追究，最后说出真话，使她平添了无数的愁绪。

其实我是个最喜欢在十丈红尘里奔走道路的人。我现在每天在路上的时间差不多总在两点钟以上，这是已经有好几月了，我却一点也不生厌，天天走上电车，老是好像开始蜜月旅行一样。电车上和道路上的人们彼此多半是不相识的，所以大家都不大拿出假面孔来，比不得讲堂里、宴会上、衙门里的人们那样彼此拼命地一味敷衍。公园、影戏院、游戏场、馆子里面的来客个个都是眉花眼笑的，最少也装出那么样子，墓地、法庭、医院、药店的主顾全是眉头皱了几十纹的，这两下都未免太单调了，使我们感到人世的平庸无味，车子里面和路上的人们却具有万般色相，你坐在车里，只要你睁大眼睛不停地观察了卅分钟，你差不多可以在所见的人们脸上看出人世一切的苦乐感觉同人心的种种情调。你坐在位子上默默地鉴赏，同车的客人们老实地让你从他们的形色举止上去推测他们的生平同当下的心境，外面的行人一一现你眼前，你尽可恣意瞧着，他们并不会晓得，而且他们是这么不断地接连走过，你很可以拿他们来彼此比较，这种普通人的行列的确是比什么赛会都有趣得多，路上源源不绝的行人可说是上帝设计的赛会，当然胜过了我们佳节时红红绿绿的玩意儿了。并且在路途中我们的心境是最宜于静观的，最能吸收外界的刺激的。我们通常总是有事干，正经事也好，歪事也好，我们的注意免不了特别集中在一点上，只有路途中，尤其走熟了的长路，在未到目的地以前，我们的方寸是悠然的，不专注于一物，却是无所不留神的，在匆匆忙忙的一生里，我们此时才得好好地看一看人生的真况。

所以无论从哪一方面说起，途中是认识人生最方便的地方。车中，船上同人行道可说是人生博览会的三张入场券，可惜许多人把它们当做废纸，空走了一生的路。

我们有一句古话：“读万卷书，行万里路。”所谓行万里路自然是指走遍名山大川，通都大邑，但是我觉得换一个解释也是可以。一条的路你来往走了几万遍，凑成了万里这个数目，只要你真用了你的眼睛，你就可以算是懂得人生的人了。俗语说道：“秀才不出门，能知天下事。”我们不幸未得入泮，只好多走些路，来见见世面罢！对于人生有了清澈的观照，世上的荣辱祸福不足以扰乱内心的恬静，我们的心灵因此可以获到永久的自由，可见个个的路都是到自由的路，并不限于罗素先生所钦定的；所怕的就是面壁参禅，目不窥路的人们，他们自甘沦落，不肯上路，的确是无法可办。

读书是间接地去了解人生，走路是直接地去了解人生，一落言诠，便非真谛，所以我觉得万卷书可以搁开不念，万里路非放步走去不可。

了解自然，便是非走路不可。但是我觉得有意的旅行倒不如通常的走路那样能与自然更见亲密。旅行的人们心中只惦着他的目的地，精神是紧张的。实在不宜于裕然地接受自然的美景。并且天下的风光是活的，并不拘于一谷一溪，一洞一岩。旅行的人们所看的却多半是这些名闻四海的死景，人人莫名其妙地照例赞美的胜地。旅行的人们也只得依样葫芦一番，做了万古不移的传统的奴隶。这又何苦呢？并且只有自己发现出的美景对着我们才会有贴心的亲切感觉，才会感动了整个心灵，而这些好景却大抵是得之偶然的，绝不能强求。所以有时因公外出，在火车中所瞥见的田舍风光会深印在我们的心坎里，而花了盘川，告了病假去赏玩的名胜倒只是如烟如雾地浮动在记忆的海里。

今年的春天同秋天，我都去了一趟杭州，每天不是坐在划子里听着舟子的调度，就是跑山，恭敬地聆着车夫的命令，一本薄薄的指南隐隐地含有无上的威权，等到把所谓胜景一一领略过了，重上火车，我的心好似去了重担。当我再继续过着我通常的机械生活，天天自由地东瞧西看，再也不怕受了舟子、车夫、游侣的责备，再也没有什么应该非看不可的东西，我真快乐得几乎发狂。

西泠的景色自然是渐渐消失得无影无迹，可惜消失得太慢，起先还做了我几个噩梦的背景。当我梦到无私的车夫，带我走着崎岖难行的宝石山或者光滑不能驻足的往龙井的石路，不管我怎样求免，总是要迫我去看烟霞洞的烟霞同龙井的龙角。谢谢上帝，西湖已经不再浮现在我的梦中了。而我生平所最赏心的许多美景是从到西乡的公共汽车的玻璃窗得来的。我坐在车里，任它一上一下，一左一右地跳荡，看着老看不完的十八世纪长篇小说，有时闭着书随便望一望外面天气，忽然觉得青翠迎人，遍地散着香花，晴天现出不可描摹的蓝色。我顿然感到春天已到大地，这时我真是神魂飞在九霄云外了。再去细看一下，好景早已过去，剩下的是闸北污秽的街道，明天再走到原地，一切虽然仍旧，总觉得有所不足，与昨天是不同的，于是乎那天的景色永留在我的心里。

甜蜜的东西看得太久了也会厌烦，真真的好景都该这样一瞬即逝，永不重来。婚姻制度的最大毛病也就是在于日夕聚首：将一切好处都因为太熟而化成坏处了。此外在热狂的夏天，风雪载途的冬季我也常常出乎意料地获到不可名言的妙境，滋润着我的心田。会心不远，真是陆放翁所谓的“何处楼台无月明”。自己培养有一个易感的心境，那么走路的确是了解自然的捷径。

“行”，不单是可以使我们清澈地了解人生同自然，它自身又是带有诗意的，最浪漫不过的。雨雪霏霏，杨柳依依，这些境界只有行人才有福享受的。许多奇情逸事也都是靠着几个人的漫游而产生的。《西游记》《镜花缘》《老残游记》，Cervantes 的《吉诃德先生》（“Don Quixote”），Swift 的《海外轩渠录》（“Gulliver's Travels”），Bunyan 的《天路历程》（“Pilgrim's Progress”），Cowper 的《痴汉骑马歌》（“John Gilpin”），Dickens 的“Pickwick Papers”，Byron 的“Childe Harold's Pilgrimage”，Fielding 的“Joseph Andrews”，Gogol 的“Dead Souls”等不可一世的杰作没有一个不是以“行”为骨子的，所说的全是途中的一切，我觉得文学的浪漫题材在爱情以外，就要数到“行”了。陆放翁是个豪爽不羁的诗人，而他最出色的杰作却是那些纪行的七言。我们随便抄下两首，来代我们说出“行”的浪漫性罢！

剑门道中遇微雨

衣上征尘杂酒痕，远游无处不销魂。
此身合是诗人未？细雨骑驴入剑门。

南定楼遇急雨

行遍梁州到益州，今年又作度泸游。
江山重复争供眼，风雨纵横乱入楼。
人语朱离逢峒獠，棹歌欸乃下吴舟。
天涯住稳归心懒，登览茫然却欲愁。

因为“行”是这么会勾起含有诗意的情绪的，所以我们从“行”可以得到极愉快的精神快乐，因此“行”是解闷销愁的最好法子，将濒自杀的失恋人常常能够从漫游得到安慰，我们有时心境染了凄迷的色调，散步一下，也可以解去不少的忧愁。Hawthorne（霍桑，美国作家）同 Edgar Allan Poe（爱伦·坡，美国作家）最爱描状一个心里感到空虚的悲哀的人不停地在城里的各条街道上回复地走了又走，以冀对于心灵的饥饿能够暂时忘却。Dostoyevsky（陀思妥耶夫斯基）的《罪与罚》里面的 Raskolnikov 犯了杀人罪之后，也是无目的到处乱走，仿佛走了一下，会减轻了他心中的重压。甚至于有些人对于“行”具有绝大的趣味，把别的趣味一齐压下了，Stevenson（斯蒂文生，英国小说家）的《流浪汉之歌》就表现出这样的一个人物，他在最后一段里说道：“财富我不要，希望，爱情，知己的朋友，我也不要；我所要的只是上面的青天同脚下的道路。”

Wealth I ask not, hope nor love,
Nor a friend to know me;
All I ask, the heaven above
And the road below me.

Walt Whitman（惠特曼，美国诗人）也是一个歌颂行路的诗人，他的《大路之歌》真是“行”的绝妙赞美诗，我就引他开头的雄浑诗句来做这段的结束罢！

A foot and light-hearted I take to the open road,
Healthy, free, the world before me,
The long brown path before me leading wherever I choose.

我们从摇篮到坟墓也不过是一条道路，当我们正寝以前，我们可说是老在途中。途中自然有许多的苦辛，然而四围的风光和同路的旅人都是极有趣的，值得我们跋涉这程路来细细鉴赏。除开这条悠长的道路外，我们并没有别的目的地，走完了这段征程，我们也走出了这个世界，重回到起点的地方了。科学家说我们就归于毁灭了，再也不能重走上这段路途，主张灵魂不灭的人们以为来日方长，这条路我们还能够一再重走了几千万遍。将来的事，谁去管它，也许这条路有一天也归于毁灭。我们还是今天有路今天走罢，最要紧的是不要闭着眼睛，朦胧一生，始终没有看到了世界。

chūn zhāo
“春朝”
yí kè zhí qiān jīn
一刻值千金

梁遇春

迟起给我最大的好处是我没有一天不是很快乐地开头的。

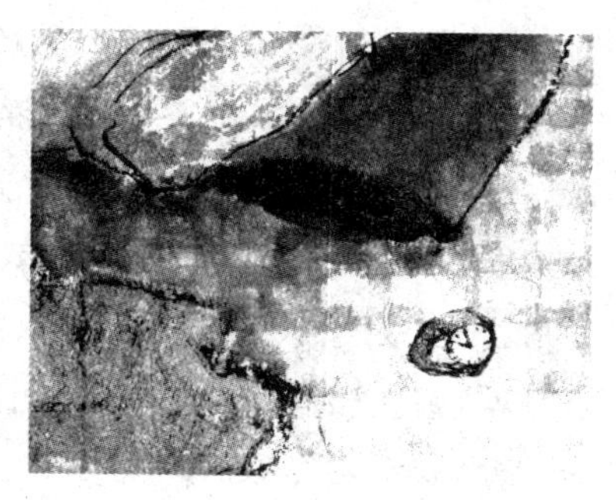

十年来，求师访友，足迹走遍天涯，回想起来给我最大益处的却是“迟起”，因为我现在脑子里所有些聪明的想头，灵活的意思，多半是早上懒洋洋地赖在床上想出来的。我真应该写几句话赞美它一番，同时还可以告诉有志的人们一点迟起艺术的门径。谈起艺术，我虽然是门外汉，不过对于迟起这门艺术倒可说是一位行家，因为我既具有明察秋毫的批评能力，又带了甘苦备尝的实践精神。我天天总是在可能范围之内，尽量地滞在床上（那是我们的神庙）看着射在被上的日光，暗笑四围人们无谓的匆忙，回味前夜的痴梦（那是比做梦还有意思的事），细想迟起的好处，唯我独尊地躺着，东倒西倾的小房立刻变做一座快乐的皇宫。

诗人画家为着要追求自己的幻梦，实现自己的痴愿，宁可牺牲一切物质的快乐，受尽亲朋的诟骂，他们从艺术里能够得到无穷的安慰，那是他们真实的世界，外面的世界对于他们反变成一个空虚。迟起艺术家也具有同等的精神。区区虽然不是一个迟起大师，但是对于本行艺术的确有无限的热忱——艺术家的狂热。所以让我拿自己做个例子罢。当我是个小孩时候，我的生活由家庭替我安排，毫无艺术的自觉，早上六点就起来了。

后来到北方念书去，北方的天气是培养迟起最好的沃土，许多同学又都是程度很高的迟起艺术专家，于是绝好的环境同朋辈的切磋使我领略到迟起的深味，我的忠于艺术的热度也一天一天地增高。暑假年假回家时期，总在全家人吃完了早饭之后，我才敢动起床的念头。老父常常对我说清晨新鲜空气的好处，母亲有时提到重温稀饭的麻烦，慈爱的祖母也屡次向我姑母说“早起三日当一工”（我的姑母老是起得很早的），我虽然万分不愿意失丢大人们的欢心，但是为着忠于艺术的缘故，居然甘心得罪老人家。后来老人家知道我是无可救药的，反动了怜惜的心肠，他们早上九点钟时候走过我的房门前还是用着足尖；人们温情地放纵我们的弱点是最容易刺动我们麻木的良心，但是我总舍不得违弃了心爱的艺术，所以还是懊悔地照样地高卧。

在大学里，有几位道貌岸然的教授对于迟到学生总是白眼相待，我不幸得很，老做他们白眼的鹄的，也曾好几次下个决心早起，免得一进教室的门，就受两句冷讽，可是一年一年地过去，我足足受了四年的白眼待遇，里头的苦处是别人想不出来的。有一年寒假住在亲戚家里，他们晚饭的时间是很早的，所以一醒来，腹里就咕隆地响着，我却按下饥肠，故意想出许多有趣事情，使自己忘却了肚饿，有时饿出汗来，还是坚持着非到十时是不起来的。对于艺术我是多么忠实，情愿牺牲。枵腹做诗的爱仑波，真可说是我的同志。后来入世谋生，自然会忽略了艺术的追求；不过我还是尽量地保留一向的热诚，虽然已经是够堕落了。想起我个人因为迟起所受的许多说不出的苦痛，我深深相信迟起是一门艺术，因为只有艺术才会这样带累人，也只有艺术家才肯这样不变初衷地往前牺牲一切。

但是从迟起我也得到不少的安慰，总够补偿我种种的苦痛。迟起给我最大的好处是我没有一天不是很快乐地开头的。我天天起来总是心满意足的，觉得我们住的世界无日不是春天，无处不是乐园。

当我神怡气舒地躺着时候，我常常记起勃浪宁的诗："上帝在上，万物各得其所。"（鱼游水里，鸟栖树枝，我卧床上。）人生是短促的，可是若使我们有过光荣的青春，我们的一生就不能算是虚度，我们的残年很可以傍着火炉，晒着太阳在回忆里过日子。同样地一天的光阴是很短促的，可是若使我们有过光荣的早上（一半时间花在床上的早晨！）我们这一天就不能说是白丢了，我们其余时间可以用在追忆清早的幸福，我们青年时期若是欢欣的结晶，我们的余生一定不会很凄凉的，青春的快乐是有影子留下的，那影子好似带了魔力，惨淡的老年给它一照，也呈出和蔼慈祥的光辉。

我们一天里也是一样的，人们不是常说：一件事情好好地开头，就是已经成功一半了；那么赏心悦意的早晨是一天快乐的先导。迟起不单是使我天天快活地开头，还叫我们每夜高兴地结束这个日子；我们夜夜去睡时候，心里就预料到明早迟起的快乐——预料中的快乐是比当时的享受，味还长得多——这样子我们一天的始终都是给生机活泼的快乐空气围住，这个可爱的升平景象却是迟起一手做成的。

迟起不仅是能够给我们这甜蜜的空气，它还能够打破我们结结实实的苦闷。人生最大的愁忧是生活的单调。悲剧是很热闹的，怪有趣的，只有那不生不死的机械式生活才是最无聊赖的。迟起真是唯一的救济方法。你若使感到生活的沉闷，那么请你多睡半点钟（最好是一点钟），你起来一定觉得许多要干的事情没有时间做了，那么是非忙不可——“忙”是进到快乐宫的金钥，尤其那自己找来的忙碌。

忙是人们体力发泄最好的法子。亚里士多德不是说过人的快乐是生于能力变成效率的畅适。我常常在办公时间五分钟以前起床，那时候洗脸拭牙进早餐，都要限最快的速度完成，全变做最浪漫的举动，当牙膏四溅，脸水横飞，一手拿着头梳，对着镜子，一面吃面包时节，谁会说人生是没有趣味呢？而且当时只怕过了时间，心中充满了冒险的情绪。这些暗地晓得不碍事的冒险兴奋是顶可爱的东西，尤其是对于我们这班不敢真真履险的懦夫。

我喜欢北方的狂风，因为当我们衔着黄沙往前进的时候，我们仿佛是斩将先登，冲锋陷阵的健儿，跟自然的大力肉搏，这是多么可歌可泣的壮举，同时除开耳孔鼻孔塞点沙土外，丝毫危险也没有，不管那时是怎地像煞有介事样子。冒险的嗜好哪个人没有，不过我们胆小，不愿白丢了生命，仁爱的上帝，因此给我们卷地蔽天的刮风，做我们安稳冒险的材料。

住在江南的可怜虫，找不到这一天赐的机会，只得英雄做时势，迟些起来，自己创造机会。就是放假期间，十时半起床，早餐后抽完了烟，已经十一时过了，一想到今天打算做的事情一件也没有动手，赶紧忙着起来——天下里还有比无事忙更有趣味的事吗？若使你因为迟起挨到人家的闲话，那最少也可以打破你日常一波不兴无声无臭的生活。我想凡是尝过生活的深味的人一定会说痛苦比单调灰色生活强得多，因为痛苦是活的，灰色的生活却是死的象征。迟起本身好似是很懒惰的，但是它能够给我们最大的活气，使我们的生活跳动生姿；世上最懒惰不过的人们是那般黎明即起，老早把事做好，坐着呆呆地打呵欠的人们。迟起所有的这许多安慰，除开艺术，我们哪里还找得出来呢？许多人现在还不明白迟起的好处，这也可以证明迟起是一种艺术，因为只有艺术人们才会这样地不去睬它。

现在春天到了，“春宵苦短日高起”，五六点钟醒来，就可以看见太阳，我们可以醉也似地躺着，一直躺了好几个钟头，静听流莺的巧啭，细看花影的慢移，这真是迟起的绝好时光。能让我们天天多躺一会儿罢，别辜负了这一刻千金的“春朝”。

《懒惰汉的懒惰想头》是当代英国小品文家Jerome K. Jerome（杰罗姆·凯·杰罗姆）的文集名字（Idle Thoughts of An Idle Fellow），集里所说的都是拉闲扯散、瞎三道四的废话，可是自带有幽默的深味，好似对于人生有比一般人更微妙的认识同玩味——这或者只是因为我自己也是懒惰汉，官官相卫，惺惺惜惺惺，那么也好，就随它去罢。“春宵一刻值千金”这句老话，是谁也知道的，我觉得换一个字，就可以做我的题目。连小小二句题目，都要东抄西袭凑合成的，不肯费心机自己去做一个，这也可以见我的懒惰了。

在副题目底下加了“之一”两字，自然是指明我还要继续写些这类无聊的小品文字，但是什么时候会写第二篇，那是连上帝都不敢预言的。我是那么懒惰，有时晚上想好了意思，第二天起得太早，心中一懊悔，什么好意思都忘却了。

wǒ suǒ zhī dào de kāngqiáo

我所知道的康桥

徐志摩

你要发见一个地方（地方一样有灵性），你也得有单独玩的机会。

在星光下听水声，听近村晚钟声，听河畔倦牛刍草声，是我康桥经验中最神秘的一种：大自然的优美、宁静，调谐在这星光与波光的默契中不期然的淹入了你的性灵。

一

我这一生的周折，大都寻得出感情的线索。不论别的，单说求学。我到英国是为要从罗素。罗素来中国时，我已经在美国。他那不确的死耗传到的时候，我真的出眼泪不够，还做悼诗来了。他没有死，我自然高兴。我摆脱了哥伦比亚大学博士衔的引诱，买船票过大西洋，想跟这位二十世纪的福禄泰尔认真念一点书去。谁知一到英国才知道事情变样了：一为他在战时主张和平，二为他离婚，罗素叫康桥给除名了，他原来是 Trinity College 的 Fellow，这来他的 Fellowship 也给取销了。他回英国后就在伦敦住下，夫妻两人卖文章过日子。

因此我也不曾遂我从学的始愿。我在伦敦政治经济学院里混了半年，正感着闷想换路走的时候，我认识了狄更生先生。狄更生——Galsworthy Lowes Dickinson——是一个有名的作者，他的《一个中国人通信》（Letters From John Chinaman）与《一个现代聚餐谈话》（A Modern Symposium）两本小册子早得了我的景仰。我第一次会着他是在伦敦国际联盟协会席上，那天林宗孟先生演说，他做主席；第二次是宗孟寓里吃茶，有他。

以后我常到他家里去。他看出我的烦闷，劝我到康桥去，他自己是王家学院（King's College）的 Fellow。我就写信去问两个学院，回信都说学额早满了，随后还是狄更生先生替我去在他的学院里说好了，给我一个特别生的资格，随意选科听讲。从此黑方巾、黑披袍的风光也被我占着了。初起我在离康桥六英里的乡下叫沙士顿地方租了几间小屋住下，同居的有我从前的夫人张幼仪女士与郭虞裳君。每天一早我坐街车（有时自行车）上学，到晚回家。这样的生活过了一个春，但我在康桥还只是个陌生人，谁都不认识，康桥的生活，可以说完全不曾尝着，我知道的只是一个图书馆，几个课室，和三两个吃便宜饭的茶食铺子。狄更生常在伦敦或是大陆上，所以也不常见他。那年的秋季我一个人回到康桥，整整有一学年，那时我才有机会接近真正的康桥生活，同时我也慢慢的“发见”了康桥。我不曾知道过更大的愉快。

二

“单独”是一个耐寻味的现象。我有时想它是任何发见的第一个条件。你要发见你的朋友的“真”，你得有与他单独的机会。你要发见你自己的真，你得给你自己一个单独的机会。

你要发见一个地方（地方一样有灵性），你也得有单独玩的机会。

我们这一辈子，认真说，能认识几个人？能认识几个地方？我们都是太匆忙，太没有单独的机会。说实话，我连我的本乡都没有什么了解。康桥我要算是有相当交情的，再次许只有新认识的翡冷翠了。啊，那些清晨，那些黄昏，我一个人发痴似的在康桥！绝对的单独。

但一个人要写他最心爱的对象，不论是人是地，是多么使他为难的一个工作？你怕，你怕描坏了它，你怕说过分了恼了它，你怕说太谨慎了辜负了它。我现在想写康桥，也正是这样的心理，我不曾写，我就知道这回是写不好的——况且又是临时逼出来的事情。但我却不能不写，上期预告已经出去了。我想勉强分两节写：一是我所知道的康桥的天然景色；一是我所知道的康桥的学生生活。我今晚只能极简的写些，等以后有兴会时再补。

三

康桥的灵性全在一条河上：康河，我敢说，是全世界最秀丽的一条水。河的名是葛兰大（Granta），也有叫康河（River Cam）的，许有上下流的区别，我不甚清楚。河身多的是曲折，上游是有名的拜伦潭——“Byron's Pool”——当年拜伦常在那里玩的；有一个老村子叫格兰骞斯德，有一个果子园，你可以躺在累累的桃李树荫下吃茶，花果会掉入你的茶杯，小雀子会到你桌上来啄食，那真是别有一番天地。这是上游；下游是从骞斯德顿下去，河面展开，那是春夏间竞舟的场所。上下河分界处有一个坝筑，水流急得很，在星光下听水声，听近村晚钟声，听河畔倦牛刍草声，是我康桥经验中最神秘的一种：大自然的优美、宁静，调谐在这星光与波光的默契中不期然的淹入了你的性灵。

但康河的精华是在它的中权，著名的“Backs”，这两岸是几个最蜚声的学院的建筑。从上面下来是Pembroke，St.Katharine's，King's，Clare，Trinity，St.John's。最令人流连的一节是克莱亚与王家学院的毗连处，克莱亚的秀丽紧邻着王家教堂（King's Chapel）的宏伟。别的地方尽有更美更庄严的建筑，例如巴黎赛因河的罗浮宫一带，威尼斯的利阿尔多大桥的两岸，翡冷翠维基乌大桥的周遭；但康桥的“Backs”自有它的特长，这不容易用一二个状词来概括，它那脱尽尘埃气的一种清澈秀逸的意境可说是超出了画图而化生了音乐的神味。

再没有比这一群建筑更调谐更匀称的了！论画，可比的许只有柯罗（Corot）的田野；论音乐，可比的许只有萧班（Chopin）（今译肖邦——编者注）的夜曲。就这，也不能给你依稀的印象，它给你的美感简直是神灵性的一种。

假如你站在王家学院桥边的那棵大椈树荫下眺望，右侧面，隔着一大方浅草坪，是我们的校友居（Fellows Building），那年代并不早，但它的妩媚也是不可掩的，它那苍白的石壁上春夏间满缀着艳色的蔷薇在和风中摇颤，更移左是那教堂，森林似的尖阁不可浼的永远直指着天空；更左是克莱亚，啊！那不可信的玲珑的方庭，谁说这不是圣克莱亚（St.Clare）的化身，哪一块石上不闪耀着她当年圣洁的精神？在克莱亚后背隐约可辨的是康桥最潢贵最骄纵的三一学院（Trinity），它那临河的图书楼上坐镇着拜伦神采惊人的雕像。

但这时你的注意早已叫克莱亚的三环洞桥魔术似的摄住。

你见过西湖白堤上的西泠断桥不是？（可怜它们早已叫代表近代丑恶精神的汽车公司给铲平了，现在它们跟着苍凉的雷峰永远辞别了人间。）你忘不了那桥上斑驳的苍苔，木栅的古色，与那桥拱下泄露的湖光与山色不是？克莱亚并没有那样体面的衬托，它也不比庐山栖贤寺旁的观音桥，上瞰五老的奇峰，下临深潭与飞瀑；它只是怯伶伶的一座三环洞的小桥，它那桥洞间也只掩映着细纹的波鳞与婆娑的树影，它那桥上栉比的小穿阑与阑节顶上双双的白石球，也只是村姑子头上不夸张的香草与野花一类的装饰；但你凝神的看着，更凝神的看着，你再反省你的心境，看还有一丝屑的俗念沾滞不？只要你审美的本能不曾汩灭时，这是你的机会实现纯粹美感的神奇！

但你还得选你赏鉴的时辰。英国的天时与气候是走极端的。

冬天是荒谬的坏，逢着连绵的雾盲天你一定不迟疑的甘愿进地狱本身去试试；春天（英国是几乎没有夏天的）是更荒谬的可爱，尤其是它那四五月间最渐缓最艳丽的黄昏，那才真是寸寸黄金。

在康河边上过一个黄昏是一服灵魂的补剂。啊！我那时蜜甜的单独，那时蜜甜的闲暇。一晚又一晚的，只见我出神似的倚在桥阑上向西天凝望——

看一回凝静的桥影，

数一数螺钿的波纹：

我倚暖了石阑的青苔，

青苔凉透了我的心坎；……

还有几句更笨重的怎能仿佛那游丝似轻妙的情景：

难忘七月的黄昏，远树凝寂，

像墨泼的山形，衬出轻柔暝色，

密稠稠，七分鹅黄，三分橘绿，

那妙意只可去秋梦边缘捕捉；……

四

这河身的两岸都是四季常青最葱翠的草坪。从校友居的楼上望去，对岸草场上，不论早晚，永远有数十匹黄牛与白马，胫蹄没在恣蔓的草丛中，从容的在咬嚼，星星的黄花在风中动荡，应和着它们尾鬃的扫拂。桥的两端有斜倚的垂柳与椈荫护住；水是澈底的清澄，深不足四尺，匀匀的长着长条的水草。

这岸边的草坪又是我的爱宠，在清朝，在傍晚，我常去这天然的织锦上坐地，有时读书，有时看水；有时仰卧着看天空的行云，有时反仆着搂抱大地的温软。

但河上的风流还不止两岸的秀丽。你得买船去玩。船不止一种：有普通的双桨划船，有轻快的薄皮舟（canoe），有最别致的长形撑篙船（punt）。最末的一种是别处不常有的：约莫有二丈长，三尺宽，你站直在船艄上用长竿撑着走的。这撑是一种技术。我手脚太蠢，始终不曾学会。你初起手尝试时，容易把船身横住在河中，东颠西撞的狼狈。英国人是不轻易开口笑人的，但是小心他们不出声的皱眉！也不知有多少次河中本来优闲的秩序叫我这莽撞的外行给捣乱了。我真的始终不曾学会；每回我不服输跑去租船再试的时候，有一个白胡子的船家往往带讥讽的对我说："先生，这撑船费劲，天热累人，还是拿个薄皮舟溜溜吧！"我哪里肯听话，长篙子一点就把船撑了开去，结果还是把河身一段段的腰斩了去。

你站在桥上去看人家撑，那多不费劲，多美！尤其在礼拜天有几个专家的女郎，穿一身缟素衣服，裾裾在风前悠悠的飘着，戴一顶宽边的薄纱帽，帽影在水草间颤动，你看她们出桥洞时的姿态，捻起一根竟像没有分量的长竿，只轻轻的、不经心的往波心里一点，身子微微的一蹲，这船身便波的转出了桥影，翠条鱼似的向前滑了去。她们那敏捷，那闲暇，那轻盈，真是值得歌咏的。

在初夏阳光渐暖时你去买一只小船，划去桥边荫下躺着念你的书或是做你的梦，槐花香在水面上飘浮，鱼群的唼喋声在你的耳边挑逗。或是在初春的黄昏，近着新月的寒光，望上流僻静处远去。爱热闹的少年们携着他们的女友，在船沿上支着双双的东洋彩纸灯，带着话匣子，船心里用软垫铺着，也开向无人迹处去享他们的野福——谁不爱听那水底翻的音乐在静定的河上描写梦意与春光！

住惯城市的人不易知道季候的变迁。看见叶子掉知道是秋，看见叶子绿知道是春；天冷了装炉子，天热了拆炉子，脱下棉袄，换上夹袍，脱下夹袍，穿上单袍，不过如此罢了。天上星斗的消息，地下泥土里的消息，空中风吹的消息，都不关我们的事。忙着哪，这样那样事情多着，谁耐烦管星星的移转，花草的消长，风云的变幻？同时我们抱怨我们的生活，苦痛，烦闷，拘束，枯燥，谁肯承认做人是快乐？谁不多少间咒诅人生？

但不满意的生活大都是由于自取的。我是一个生命的信仰者，我信生活决不是我们大多数人仅仅从自身经验推得的那样暗惨。我们的病根是在“忘本”。人是自然的产儿，就比枝头的花与鸟是自然的产儿；但我们不幸是文明人，入世深似一天，离自然远似一天。离开了泥土的花草，离开了水的鱼，能快活吗？能生存吗？从大自然，我们取得我们的生命；从大自然，我们应分取得我们继续的滋养。哪一株婆娑的大木没有盘错的根柢深入在无尽藏的地里？我们是永远不能独立的。有幸福是永远不离母亲抚育的孩子，有健康是永远接近自然的人们。不必一定与鹿豕游，不必一定回“洞府”去；为医治我们当前生活的枯窘，只要“不完全遗忘自然”一张轻淡的药方，我们的病象就有缓和的希望。在青草里打几个滚，到海水里洗几次浴，到高处去看几次朝霞与晚照——你肩背上的负担就会轻松了去的。

这是极肤浅的道理，当然。但我要没有过过康桥的日子，我就不会有这样的自信。我这一辈子就只那一春，说也可怜，算是不曾虚度。就只那一春，我的生活是自然的，是真愉快的！（虽则碰巧那也是我最感受人生痛苦的时期。）

我那时有的是闲暇，有的是自由，有的是绝对单独的机会。说也奇怪，竟像是第一次，我辨认了星月的光明，草的青，花的香，流水的殷勤。我能忘记那初春的睥睨吗？曾经有多少个清晨我独自冒着冷去薄霜铺地的林子里闲步——为听鸟语，为盼朝阳，为寻泥土里渐次苏醒的花草，为体会最微细最神妙的春信。啊，那是新来的画眉在那边凋不尽的青枝上试它的新声！啊，这是第一朵小雪球花挣出了半冻的地面！啊，这不是新来的潮润沾上了寂寞的柳条？

静极了，这朝来水溶溶的大道，只远处牛奶车的铃声，点缀这周遭的沉默。顺着这大道走去，走到尽头，再转入林子里的小径，往烟雾浓密处走去，头顶是交枝的榆荫，透露着漠楞楞的曙色；再往前走去，走尽这林子，当前是平坦的原野，望见了村舍，初青的麦田，更远三两个馒形的小山掩住了一条通道。天边是雾茫茫的，尖尖的黑影是近村的教寺。听，那晓钟和缓的清音。这一带是此邦中部的平原，地形像是海里的轻波，默沉沉的起伏；山岭是望不见的，有的是常青的草原与沃腴的田壤。登那土阜上望去，康桥只是一带茂林，拥戴着几处娉婷的尖阁。妩媚的康河也望不见踪迹，你只能循着那锦带似的林木想象那一流清浅。村舍与树林是这地盘上的棋子，有村舍处有佳荫，有佳荫处有村舍。这早起是看炊烟的时辰：朝雾渐渐的升起，揭开了这灰苍苍的天幕（最好是微霰后的光景），远近的炊烟，成丝的、成缕的、成卷的、轻快的、迟重的、浓灰的、淡青的、惨白的，在静定的朝气里渐渐的上腾，渐渐的不见，仿佛是朝来人们的祈祷，参差的翳入了天听。朝阳是难得见的，这初春的天气。但它来时是起早人莫大的愉快。顷刻间这田野添深了颜色，一层轻纱似的金粉糁上了这草，这树，这通道，这庄舍。顷刻间这周遭弥漫了清晨富丽的暖柔。顷刻间你的心怀也分润了白天诞生的光荣。“春”！这胜利的晴空仿佛在你的耳边私语。“春”！你那快活的灵魂也仿佛在那里回响。

伺候着河上的风光，这春来一天有一天的消息。关心石上的苔痕，关心败草里的花鲜，关心这水流的缓急，关心水草的滋长，关心天上的云霞，关心新来的鸟语。怯伶伶的小雪球是探春信的小使。铃兰与香草是欢喜的初声。窈窕的莲馨，玲珑的石水仙，爱热闹的克罗克斯，耐辛苦的蒲公英与雏菊——这时候春光已是烂漫在人间，更不须殷勤问讯。

瑰丽的春光，这是你野游的时期。可爱的路政，这里不比中国，哪一处不是坦荡荡的大道？徒步是一个愉快，但骑自转车是一个更大的愉快。在康桥骑车是普遍的技术；妇人、稚子、老翁，一致享受这双轮舞的快乐。（在康桥听说自转车是不怕人偷的，就为人人都自己有车，没人要偷。）任你选一个方向，任你上一条通道，顺着这带草味的和风，放轮远去，保管你这半天的逍遥是你性灵的补剂。这道上有的是清荫与美草，随地都可以供你休憩。你如爱花，这里多的是锦绣似的草原。你如爱鸟，这里多的是巧啭的鸣禽。你如爱儿童，这乡间到处是可亲的稚子。你如爱人情，这里多的是不嫌远客的乡人，你到处可以“挂单”借宿，有酪浆与嫩薯供你饱餐，有夺目的果鲜恣你尝新。你如爱酒，这乡间每“望”都为你储有上好的新酿，黑啤如太浓，苹果酒、姜酒都是供你解渴润肺的。……带一卷书，走十里路，选一块清静地，看天，听鸟，读书，倦了时，和身在草绵绵处寻梦去——你能想象更适情更适性的消遣吗？

陆放翁有一联诗句：“传呼快马迎新月，却上轻舆趁晚凉”；这是做地方官的风流。我在康桥时虽没马骑，没轿子坐，却也有我的风流：我常常在夕阳西晒时骑了车迎着天边扁大的日头直追。日头是追不到的，我没有夸父的荒诞，但晚景的温存却被我这样偷尝了不少。有三两幅画图似的经验至今还是栩栩的留着。只说看夕阳，我们平常只知道登山或是临海，但实际只须辽阔的天际，平地上的晚霞有时也是一样的神奇。有一次我赶到一个地方，手把着一家村庄的篱笆，隔着一大田的麦浪，看西天的变幻。有一次是正冲着一条宽广的大道，过来一大群羊，放草归来的，偌大的太阳在它们后背放射着万缕的金辉，天上却是乌青青的，只剩这不可逼视的威光中的一条大路，一群生物，我心头顿时感着神异性的压迫，我真的跪下了，对着这冉冉渐翳的金光。再有一次是更不可忘的奇景，那是临着一大片望不到头的草原，满开着艳红的罂粟，在青草里亭亭像是万盏的金灯，阳光从褐色云斜着过来，幻成一种异样紫色，透明似的不可逼视，刹那间在我迷眩了的视觉中，这草田变成了……不说也罢，说来你们也是不信的！

一别二年多了，康桥，谁知我这思乡的隐忧？也不想别的，我只要那晚钟撼动的黄昏，没遮拦的田野，独自斜倚在软草里，看第一个大星在天边出现！

季羡林

这声音时慢时急，时高时低，时响时沉，时断时续，有时如金声玉振，有时如黄钟大吕，有时如大珠小珠落玉盘，有时如红珊白瑚沉海里，有时如弹素琴，有时如舞霹雳，有时如百鸟争鸣，有时如兔落鹘起，我浮想联翩，不能自已，心花怒放，风生笔底。

从一大早就下起雨来。下雨，本来不是什么稀罕事儿，但这是春雨，俗话说：“春雨贵似油。”而且又在罕见的大旱之中，其珍贵就可想而知了。

“润物细无声”，春雨本来是声音极小极小的，小到了“无”的程度。但是，我现在坐在隔成了一间小房子的阳台上，顶上有块大铁皮。楼上滴下来的檐溜就打在这铁皮上，打出声音来，于是就不“细无声”了。按常理说，我坐在那里，同一种死文字拼命，本来应该需要极静极静的环境，极静极静的心情，才能安下心来，进入角色，来解读这天书般的玩意儿。这种雨敲铁皮的声音应该是极为讨厌的，是必欲去之而后快的。

然而，事实却正相反。我静静地坐在那里，听到头顶上的雨滴声，此时有声胜无声，我心里感到无量的喜悦，仿佛饮了仙露，吸了醍醐，大有飘飘欲仙之慨了。这声音时慢时急，时高时低，时响时沉，时断时续，有时如金声玉振，有时如黄钟大吕，有时如大珠小珠落玉盘，有时如红珊白瑚沉海里，有时如弹素琴，有时如舞霹雳，有时如百鸟争鸣，有时如兔落鹘起，我浮想联翩，不能自已，心花怒放，风生笔底。死文字仿佛活了起来，我也仿佛又溢满了青春活力。我平生很少有这样的精神境界，更难为外人道也。

在中国，听雨本来是雅人的事。我虽然自认还不是完全的俗人，但能否就算是雅人，却还很难说。我大概是介乎雅俗之间的一种动物吧。中国古代诗词中，关于听雨的作品是颇有一些的。顺便说上一句：外国诗词中似乎少见。我的朋友章用回忆表弟的诗中有：“频梦春池添秀句，每闻夜雨忆联床。”是颇有一点诗意的。连《红楼梦》中的林妹妹都喜欢李义山的“留得残荷听雨声”之句。最有名的一首听雨的词当然是宋蒋捷的《虞美人》，词不长，我索性抄它一下：

少年听雨歌楼上，
红烛昏罗帐。
壮年听雨客舟中，
江阔云低，
断雁叫西风。
而今听雨僧庐下，
鬓已星星也。
悲欢离合总无情，
一任阶前，
点滴到天明。

蒋捷听雨时的心情，是颇为复杂的。他是用听雨这一件事来概括自己的一生的，从少年、壮年一直到老年，达到了“悲欢离合总无情”的境界。但是，古今对老的概念，有相当大的悬殊。他是“鬓已星星也”，有一些白发，看来最老也不过五十岁左右。用今天的眼光看，他不过是介乎中老之间，用我自己比起来，我已经到了望九之年，鬓边早已不是“星星也”，顶上已是“童山濯濯”了。要讲达到“悲欢离合总无情”的境界，我比他有资格。我已经能够“纵浪大化中，不喜亦不惧”了。

可我为什么今天听雨竟也兴高采烈呢？这里面并没有多少雅味，我在这里完全是一个“俗人”。我想到的主要是麦子，是那辽阔原野上的青青的麦苗。我生在乡下，虽然六岁就离开，谈不上干什么农活，但是我拾过麦子，捡过豆子，割过青草，劈过高粱叶。我血管里流的是农民的血，一直到今天垂暮之年，毕生对农民和农村怀着深厚的感情。农民最高希望是多打粮食。天一旱，就威胁着庄稼的成长。即使我长期住在城里，下雨一少，我就望云霓，自谓焦急之情，绝不下于农民。北方春天，十年九旱。今年似乎又旱得邪行。我天天听天气预报，时时观察天上的云气。忧心如焚，徒唤奈何。在梦中也看到的是细雨蒙蒙。

今天早晨，我的梦竟实现了。我坐在这长宽不过几尺的阳台上，听到头顶上的雨声，不禁神驰千里，心旷神怡。在大大小小高高低低，有的方正有的歪斜的麦田里，每一个叶片都仿佛张开了小嘴，尽情地吮吸着甜甜的雨滴，有如天降甘露，本来有点黄萎的，现在变青了。本来是青的，现在更青了。宇宙间凭空添了一片温馨，一片祥和。

我的心又收了回来，收回到了燕园，收回到了我楼旁的小山上，收回到了门前的荷塘内。我最爱的二月兰正在开着花。它们拼命从泥土中挣扎出来，顶住了干旱，无可奈何地开出了红色的白色的小花，颜色如故，而鲜亮无踪，看了给人以孤苦伶仃的感觉。在荷塘中，冬眠刚醒的荷花，正准备力量向水面冲击。水当然是不缺的。但是，细雨滴在水面上，画成了一个个的小圆圈，方逝方生，方生方逝。这本来是人类中的诗人所欣赏的东西，小荷花看了也高兴起来，劲头更大了，肯定会很快地钻出水面。

我的心又收近了一层，收到了这个阳台上，收到了自己的腔子里，头顶上叮当如故，我的心情怡悦有加。但我时时担心，它会突然停下来。我潜心默祷，祝愿雨声长久响下去，响下去，永远也不停。

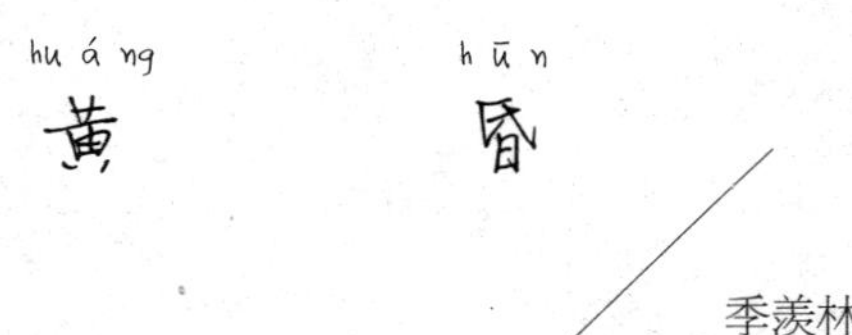

季羡林

黄昏真像一首诗，一支歌，一篇童话；像一片月明楼上传来的悠扬的笛声，一声缭绕在长空里亮唳的鹤鸣；像陈了几十年的绍酒；像一切美到说不出来的东西。说不出来，只能去看；看之不足，只能意会；意会之不足，只能赞叹。

黄昏是神秘的，只要人们能多活下去一天，在这一天的末尾，他们便有个黄昏。但是，年滚着年，月滚着月，他们活下去有数不清的天，也就有数不清的黄昏。我要问：有几个人觉到这黄昏的存在呢？

早晨，当残梦从枕边飞去的时候，他们醒转来，开始去走一天的路。他们走着，走着，走到正午，路陡然转了下去。仿佛只一溜，就溜到一天的末尾，当他们看到远处弥漫着白茫茫的烟，树梢上淡淡涂上了一层金黄色，一群群的暮鸦驮着日色飞回来的时候，仿佛有什么东西轻轻地压在他们的心头。他们知道：夜来了。他们渴望着静息；渴望着梦的来临。不久，薄冥的夜色糊了他们的眼，也糊了他们的心。他们在低隘的小屋里忙乱着，把黄昏关在门外，倘若有人问：你看到黄昏了没有？黄昏真美啊，他们却茫然了。

他们怎能不茫然呢？当他们再从屋里探出头来寻找黄昏的时候，黄昏早随了白茫茫的烟的消失，树梢上金色的消失，鸦背上日色的消失而消失了。只剩下朦胧的夜。这黄昏，像一个春宵的轻梦，不知在什么时候漫了来，在他们心上一掠，又不知在什么时候去了。

黄昏走了。走到哪里去了呢？——不，我先问：黄昏从哪里来的呢？这我说不清。又有谁说得清呢？我不能够抓住一把黄昏，问它到底。从东方么？东方是太阳出的地方。从西方么？西方不正亮着红霞么？从南方么？南方只充满了光和热，看来只有说从北方来的最适宜了。倘若我们想了开去，想到北方的极端，是北冰洋，我们可以在想象里描画出：白茫茫的天地，白茫茫的雪原，和白茫茫的冰山。再往北，在白茫茫的天边上，分不清哪是天，是地，是冰，是雪，只是朦胧的一片灰白。朦胧灰白的黄昏不正应当从这里蜕化出来么？

然而，蜕化出来了，却又扩散开去。漫过了大平原，大草原，留下了一层阴影；漫过了大森林，留下了一片阴郁的黑暗，漫过了小溪，把深灰色的暮色溶入琤琮的水声里，水面在阒静里透着微明；漫过了山顶，留给它们星的光和月的光；漫过了小村，留下了苍茫的暮烟……给每个墙角扯下了一片，给每个蜘蛛网网住了一把。以后，又漫过了寂寞的沙漠，来到我们的国土里。我能想象：倘若我迎着黄昏站在沙漠里，我一定能看着黄昏从辽远的天边上跑了来，像——像什么呢？是不是应当像一阵灰蒙的白雾？或者像一片扩散的云影？跑了来，仍然只是留下一片阴影，又跑了去，来到我们的国土里，随了弥漫在远处的白茫茫的烟，随了树梢上的淡淡的金黄色，也随了暮鸦背上的日色，轻轻地落在人们的心头，又被人们关在门外了。

但是，在门外，它却不管人们关心不关心，寂寞地，冷落地，替他们安排好了一个幻变的又充满了诗意的童话般的世界，朦胧微明，正像反射在镜子里的影子，它给一切东西涂上银灰的梦的色彩。牛乳色的空气仿佛真牛乳似的凝结起来。但似乎又在软软地黏黏地浓浓地流动里。它带来了阒静，你听：一切静静的，像下着大雪的中夜。但是死寂么？却并不，再比现在沉默一点，也会变成坟墓般地死寂。仿佛一点也不多，一点也不少，幽美的轻适的阒静软软地黏黏地浓浓地压在人们的心头，灰的天空像一张薄幕；树木、房屋、烟纹、云缕，都像一张张的剪影，静静地贴在这幕上。这里，那里，点缀着晚霞的紫曛和小星的冷光。黄昏真像一首诗，一支歌，一篇童话；像一片月明楼上传来的悠扬的笛声，一声缭绕在长空里亮唳的鹤鸣；像陈了几十年的绍酒；像一切美到说不出来的东西。说不出来，只能去看；看之不足，只能意会；意会之不足，只能赞叹。——然而却终于给人们关在门外了。

给人们关在门外，是我这样说么？我要小心，因为所谓人们，不是一切人们，也绝不会是一切人们的。我在童年的时候，就常常呆在天井里等候黄昏的来临。我这样说，并不是想表明我比别人强。意思很简单，就是：别人不去，也或者是不愿意去这样做。我（自然也还有别人）适逢其会地常常这样做而已。常常在夏天里，我坐在很矮的小凳上，看墙角里渐渐暗了起来，四周的白墙上也布上了一层淡淡的黑影。在幽暗中，夜来香的花香一阵阵地沁入我的心里。天空里飞着蝙蝠。檐角上的蜘蛛网，映着灰白的天空，在朦胧里，还可以数出网上的线条和黏在上面的蚊子和苍蝇的尸体。在不经意的时候蓦地再抬头，暗灰的天空里已经嵌上闪着眼的小星了。在冬天，天井里满铺着白雪。我蜷伏在屋里。当我看到白的窗纸渐渐灰了起来，炉子里在白天里看不出颜色来的火焰渐渐红起来、亮起来的时候，我也会知道：这是黄昏了。我从风门的缝里望出去：灰白的天空，灰白的盖着雪的屋顶。半弯惨淡的凉月印在天上，虽然有点儿凄凉，但仍然掩不了黄昏的美丽。这时，连常常坐在天井里等着它来临的人也不得不蜷伏在屋里。只剩了灰蒙的雪色伴了它在冷清的门外，这幻变的朦胧的世界造给谁看呢？黄昏不觉得寂寞么？

但是寂寞也延长不多久。黄昏仍然要走的。李商隐的诗说："夕阳无限好，只是近黄昏。"诗人不正慨叹黄昏的不能久留吗？

它也真地不能久留，一瞬眼，这黄昏，像一个轻梦，只在人们心上一掠，留下黑暗的夜，带着它的寂寞走了。

走了，真地走了。现在再让我问：黄昏走到哪里去了呢？这我不比知道它从哪里来的更清楚。我也不能抓住黄昏的尾巴，问它到底。但是，推想起来，从北方来的应该到南方去的罢。谁说不是到南方去的呢？我看到它怎样走的了。——漫过了南墙；漫过了南边那座小山，那片树林；漫过了美丽的南国。一直到辽旷的非洲。非洲有耸峭的峻岭；岭上有深邃的永古苍暗的大森林。再想下去，森林里有老虎。老虎？黄昏来了，在白天里只呈露着淡绿的暗光的眼睛该亮起来了罢。像不像两盏灯呢？森林里还该有莽苍葳蕤的野草，比人高。草里有狮子，有大蚊子，有大蜘蛛，也该有蝙蝠，比平常的蝙蝠大。夕阳的余晖从树叶的稀薄处，透过了架在树枝上的蜘蛛网，漏了进来，一条条的灿烂的金光，照耀得全林子里都发着棕红色，合了草底下毒蛇吐出来的毒气，幻成五色绚烂的彩雾。也该有萤火虫罢。现在一闪一闪地亮起来了，也该有花；但似乎不应该是夜来香或晚香玉。是什么呢？是一切毒艳的恶之花。在毒气里，不正应该产生恶之花吗？这花的香慢慢溶入棕红色的空气里，溶入绚烂的彩雾里。搅乱成一团；滚成一团暖烘烘的热气。然而，不久这热气就给微明的夜色消融了。只剩一闪一闪的萤火虫，现在渐渐地更亮了。老虎的眼睛更像两盏灯了。在静默里瞅着暗灰的天空里才露面的星星。

然而，在这里，黄昏仍然要走的。再走到哪里去呢？这却真地没人知道了。——随了淡白的疏稀的冷月的清光爬上暗沉沉的天空里去么？随了眨着眼的小星爬上了天河么？压在蝙蝠的翅膀上钻进了屋檐么？随了西天的晕红消溶在远山的后面么？这又有谁能明白地知道呢？我们知道的，只是：它走了，带了它的寂寞和美丽走了，像一丝微飔，像一个春宵的轻梦。

走了。——现在，现在我再有什么可问呢？等候明天么？明天来了，又明天，又明天。当人们看到远处弥漫着白茫茫的烟，树梢上淡淡涂上了一层金黄色，一群群的暮鸦驮着日色飞回来的时候，又仿佛有什么东西轻轻地压在他们的心头，他们又渴望着梦的来临。把门关上了。关在内外的仍然是黄昏，当他们再伸头出来找的时候，黄昏早已走了。从北冰洋跑了来，一过路，到非洲森林里去了。再到，再到哪里，谁知道呢？然而，夜来了：漫漫的漆黑的夜，闪着星光和月光的夜，浮动着暗香的夜……只是夜，长长的夜，夜永远也不完，黄昏呢？——黄昏永远不存在在人们的心里的。只一掠，走了，像一个春宵的轻梦。

yī tiáo lǎo gǒu

一条老狗

季羡林

就是这样一条不起眼儿的狗却揪住了我的心，一揪就是七十年。

自己也不知道是什么原因，我总会不时想起一条老狗来。在过去七十年的漫长的时间内，不管我是在国内，还是在国外，不管我是在亚洲、在欧洲、在非洲，一闭眼睛，就会不时有一条老狗的影子在我眼前晃动，背景是在一个破破烂烂的篱笆门前，后面是绿苇丛生的大坑，透过苇丛的疏稀处，闪亮出一片水光。

这究竟是怎么一回事呢？

无论用多么夸大的词句，也决不能说这一条老狗是逗人喜爱的。它只不过是一条最普普通通的狗，毛色棕红，灰暗，上面沾满了碎草和泥土，在乡村群狗当中，无论如何也显不出一点特异之处，既不凶猛，又不魁梧。然而，就是这样一条不起眼儿的狗却揪住了我的心，一揪就是七十年。

因此，话必须从七十年前说起。当时我还是一个不谙世事的毛头小伙子，正在清华大学读西洋文学系二年级。能够进入清华园，是我平生最满意的事情，日子过得十分惬意。然而，好景不长。有一天，是在秋天，我忽然接到从济南家中打来的电报，只是四个字："母病速归。"我仿佛是劈头挨了一棒，脑筋昏迷了半天。我立即买好了车票，登上开往济南的火车。

我当时的处境是，我住在济南叔父家中，这里就是我的家。而我母亲却住在清平官庄的老家里。整整十四年前，我六岁的那一年，也就是1917年，我离开了故乡，也就是离开了母亲，到济南叔父处去上学。我上一辈共有十一位叔伯兄弟，而男孩却只有我一个。济南的叔父也只有一个女孩，于是在表面上我就成了一个宝贝蛋。然而真正从心眼里爱我的只有母亲一人，别人不过是把我看成能够传宗接代的工具而已。这一层道理一个六岁的孩子是无法理解的。可是离开母亲的痛苦我却是理解得又深又透的。到了济南后第一夜，我生平第一次不在母亲怀抱里睡觉，而是孤身一个人躺在一张小床上，我无论如何也睡不着，我一直哭了半夜。

这是怎么一回事呀！为什么把我弄到这里来了呢？“可怜小儿女，未解忆长安。”母亲当时的心情，我还不会去猜想。现在追忆起来，她一定会是柔肠寸断，痛哭决不止半夜。现在这已成了一个万古之谜，永远也不会解开了。

从此我就过上了寄人篱下的生活。我不能说，叔父和婶母不喜欢我，但是，我唯一被喜欢的资格就是，我是一个男孩。不是亲生的孩子同自己亲生的孩子感情必然有所不同，这是人之常情，用不着掩饰，更用不着美化。我在感情方面不是一个麻木的人，一些细微末节，我体会极深。常言道，没娘的孩子最痛苦。我虽有娘，却似无娘，这痛苦我感受得极深。我是多么想念我故乡里的娘呀！然而，天地间除了母亲一个人外有谁真能了解我的心情我的痛苦呢？因此，我半夜醒来一个人偷偷地在被窝里吞声饮泣的情况就越来越多了。

在整整十四年中，我总共回过三次老家。第一次是在我上小学的时候，为了奔大奶奶之丧而回家的。大奶奶并不是我的亲奶奶，但是从小就对我疼爱异常。如今她离开了我们，我必须回家，这似乎是天经地义的事情。这一次我在家只住了几天，母亲异常高兴，自在意中。

第二次回家是在我上中学的时候，原因是父亲卧病。叔父亲自请假回家，看自己共过患难的亲哥哥。这次在家住的时间也不长。我每天坐着牛车，带上一包点心，到离开我们村相当远的一个大地主兼中医住的村里去请他，到我家来给父亲看病，看完再用牛车送他回去。路是土路，坑洼不平，牛车走在上面，颠颠簸簸，来回两趟，要用去差不多一整天的时间。至于医疗效果如何呢？那只有天晓得了。反正父亲的病没有好，也没有变坏。叔父和我的时间都是有限的，我们只好先回济南了。

过了没有多久，父亲终于走了。一叔到济南来接我回家。这是我第三次回家，同第一次一样，专为奔丧。在家里埋葬了父亲，又住了几天。现在家里只剩下了母亲和二妹两个人。家里失掉了男主人，一个妇道人家怎样过那种只有半亩地的穷日子，母亲的心情怎样，我只有十一二岁，当时是难以理解的。但是，我仍然必须离开她到济南去继续上学。在这样万般无奈的情况下，但凡母亲还有不管是多么小的力量，她也决不会放我走的。可是她连一丝一毫的力量也没有。她一字不识，一辈子连个名字都没有能够取上。做了一辈子“季赵氏”。到了今天，父亲一走，她怎样活下去呢？她能给我饭吃吗？不能的，决不能的。母亲心内的痛苦和忧愁，连我都感觉到了。最后她只能眼睁睁地看着自己最亲爱的孩子离开了自己，走了，走了。谁会知道，这是她最后一次看到自己的儿子呢？谁会知道，这也是我最后一次见到母亲呢？

回到济南以后，我由小学而初中，由初中而高中，由高中而到北京来上大学，在长达八年的过程中，我由一个浑浑沌沌的小孩子变成了一个青年人，知识增加了一些，对人生了解的也多了不少。对母亲当然仍然是不断想念的。但在暗中饮泣的次数少了，想的是一些切切实实的问题和办法。我梦想，再过两年，我大学一毕业，由于出身一个名牌大学，抢一只饭碗是不成问题的。到了那时候，自己手头有了钱，我将首先把母亲迎至济南。她才四十来岁，今后享福的日子多着哩。

可是我这一个奇妙如意的美梦竟被一张“母病速归”的电报打了个支离破碎。我现在坐在火车上，心惊肉跳，忐忑难安。哈姆莱特问的是 to be or not to be，我问的是：母亲是病了，还是走了？我没有法子求籤占卜，可我又偏想知道个究竟，我于是自己想出了一套占卜的办法。我闭上眼睛，如果一睁眼我能看到一根电线杆，那母亲就是病了；如果看不到，就是走了。当时火车速度极慢，从北京到济南要走十四五个小时。就在这样长的时间内，我闭眼又睁眼反复了不知多少次。有时能看到电线杆，则心中一喜。有时又看不到，则心中一惧。到头来也没能得出一个肯定的结果。我到了济南。

到了家中，我才知道，母亲不是病了，而是走了。这消息对我真如五雷轰顶，我昏迷了半晌，躺在床上哭了一天，水米不曾沾牙。悔恨像大毒蛇直刺入我的心窝：在长达八年的时间内，难道你就不能在任何一个暑假内抽出几天时间回家看一看母亲吗？二妹在前几年也从家乡来到了济南，家中只剩下母亲一个人，孤苦伶仃，形单影只，而且又缺吃少喝，她日子是怎么过的呀！你的良心和理智哪里去了？你连想都不想一下吗？你还能算得上是一个人吗？我痛悔自责，找不到一点能原谅自己的地方。我一度曾想到自杀，追随母亲于地下。但是，母亲还没有埋葬，不能立即实行。在极度痛苦中我胡乱诌了一副挽联：

一别竟八载，多少次倚闾怅望，眼泪和血流，迢迢玉宇，高处寒否？

为母子一场，只留得面影迷离，入梦浑难辨，茫茫苍天，此恨曷极！

对仗谈不上，只不过想聊表我的心情而已。

叔父婶母看着苗头不对，怕真出现什么问题，派马家二舅陪我还乡奔丧。到了家里，母亲已经成殓，棺材就停放在屋子中间。只隔一层薄薄的棺材板，我竟不能再见母亲一面，我与她竟是人天悬隔矣。我此时如万箭钻心，痛苦难忍。想一头撞死在母亲棺材上，被别人死力拽住。昏迷了半天，才醒转过来。抬头看屋中的情况，真正是家徒四壁，除了几只破椅子和一只破箱子以外，什么都没有。在这样的环境中，母亲这八年的日子是怎样过的，不是一清二楚了吗？我又不禁悲从中来，痛哭了一场。

现在家中已经没了女主人，也就是说，没有了任何人。白天我到村内二大爷家里去吃饭，讨论母亲的安葬事宜。晚上则由二大爷亲自送我回家。那时村里不但没有电灯，连煤油灯也没有。家家都点豆油灯，用棉花条搓成灯捻，只不过是有点微弱的亮光而已。有人劝我，晚上就睡在二大爷家里，我执意不肯。让我再陪母亲住上几天吧。在茫茫百年中，我在母亲身边只住过六年多，现在仅仅剩下了几天，再不陪就真正抱恨终天了。于是二大爷就亲自提一个小灯笼送我回家。此时，万籁俱寂，宇宙笼罩在一片黑暗中，只有天上的星星在眨眼，仿佛闪出一丝光芒。全村没有一点亮光，没有一点声音。透过大坑里芦苇的疏隙闪出一点水光。

走近破篱笆门时，门旁地上有一团黑东西，细看才知道是一条老狗，静静地卧在那里。狗们有没有思想，我说不准，但感情确是有的。这一条老狗几天来大概是陷入困惑中：天天喂我的女主人怎么忽然不见了？它白天到村里什么地方偷一点东西吃，立即回到家里来，静静地卧在篱笆门旁。见了我这个小伙子，它似乎感到我也是这家的主人，同女主人有点什么关系，因此见到了我并不咬我，有时候还摇摇尾巴，表示亲昵。那一天晚上我看到的就是这一条老狗。

我孤身一个人走进屋内，屋中停放着母亲的棺材。我躺在里面一间屋子里的大土炕上，炕上到处是跳蚤，它们勇猛地向我发动进攻。我本来就毫无睡意，跳蚤的干扰更加使我难以入睡了。我此时孤身一人陪伴着一具棺材。我是不是害怕呢？不的，一点也不。虽然是可怕的棺材，但里面躺的人却是我的母亲。她永远爱她的儿子，是人，是鬼，都决不会改变的。

正在这时候，在黑暗中外面走进来一个人，听声音是对门的宁大叔。在母亲生前，他帮助母亲种地，干一些重活，我对他真是感激不尽。他一进屋就高声说："你娘叫你哩！"我大吃一惊：母亲怎么会叫我呢？

原来宁大婶撞客了，撞着的正是我母亲。我赶快起身，走到宁家。在平时这种事情我是绝对不会相信的。此时我却是心慌意乱了。只听从宁大婶嘴里叫了一声："喜子呀！娘想你啊！"我虽然头脑清醒，然而却泪流满面。娘的声音，我八年没有听到了。这一次如果是从母亲嘴里说出来的，那有多好啊！然而却是从宁大婶嘴里，但是听上去确实像母亲当年的声音。我信呢，还是不信呢，你不信能行吗？我糊里糊涂地如醉似地疾走了回来。在篱笆门口，地上黑黢黢的一团，是那一条忠诚的老狗。

我人躺在炕上，无论如何也睡不着了，两只眼睛望着黑暗，仿佛能感到自己的眼睛在发亮。我想了很多很多，八年来从来没有想到的事，现在全想到了。父亲死了以后，济南的经济资助几乎完全断绝，母亲就靠那半亩地维持生活，她能吃得饱吗？她一定是天天夜里躺在我现在躺的这一个土炕上想她的儿子，然而儿子却音信全无。她不识字，我写信也无用。听说她曾对人说过："如果我知道他一去不回头的话，我无论如何也不会放他走的！"这一点我为什么过去一点也没有想到过呢？古人说："树欲静而风不止，子欲养而亲不待。"现在这两句话正应在我的身上，我亲自感受到了；然而晚了，晚了，逝去的时光不能再追回了！"长夜漫漫何时旦？"我切盼天赶快亮。然而，我立刻又想到，我只是一次度过这样痛苦的漫漫长夜，母亲却度过了将近三千次。这是多么可怕的一段时间啊！在长夜中，全村没有一点灯光，没有一点声音，黑暗仿佛凝结成为固体，只有一个人还瞪大了眼睛在玄想，想的是自己的儿子。伴随她的寂寥的只有一个动物，就是篱笆门外静卧的那一条老狗。想到这里，我无论如何也不敢再想下去了；如果再想下去的话，我不知道会出现什么样的情况。

母亲的丧事处理完，又是我离开故乡的时候了。临离开那一座破房子时，我一眼就看到那一条老狗仍然忠诚地趴在篱笆门口，见了我，它似乎预感到我要离开了，它站了起来，走到我跟前，在我腿上擦来擦去，对着我尾巴直摇。我一下子泪流满面。我知道这是我们的永别，我俯下身，抱住了它的头，亲了一口。我很想把它抱回济南，但那是绝对办不到的。我只好一步三回首地离开了那里，眼泪向肚子里流。

到现在这一幕已经过去了七十年。我总是不时想到这一条老狗。女主人没了，少主人也离开了，它每天到村内找点东西吃，究竟能够找多久呢？我相信，它决不会离开那个篱笆门口的，它会永远趴在那里的，尽管脑袋里也会充满了疑问。它究竟趴了多久，我不知道，也许最终是饿死的。我相信，就是饿死，它也会死在那个破篱笆门口。后面是大坑里透过苇丛闪出来的水光。

我从来不信什么轮回转生；但是，我现在宁愿信上一次。我已经九十岁了，来日苦短了。等到我离开这个世界以后，我会在天上或者地下什么地方与母亲相会，趴在她脚下的仍然是这一条老狗。

bě i jī ng de chū n jié

北京的春节

老舍

儿童们忙乱，大人们也紧张。他们须预备过年吃的使的喝的一切。他们也必须给儿童赶做新鞋新衣，好在新年时显出万象更新的气象。

按照北京的老规矩，过农历的新年（春节），差不多在腊月的初旬就开头了。“腊七腊八，冻死寒鸦。”这是一年里最冷的时候。可是，到了严冬，不久便是春天，所以人们并不因为寒冷而减少过年与迎春的热情。在腊八那天，人家里，寺观里，都熬腊八粥。这种特制的粥是祭祖祭神的。可是细一想，它倒是农业社会的一种自傲的表现——这种粥是用所有的各种的米，各种的豆，与各种的干果（杏仁、核桃仁、瓜子、荔枝肉、莲子、花生米、葡萄干、菱角米……）熬成的。这不是粥，而是小型的农业展览会。

腊八这天还要泡腊八蒜。把蒜瓣在这天放到高醋里，封起来，为过年吃饺子用的。到年底，蒜泡得色如翡翠，而醋也有了些辣味，色味双美，使人要多吃几个饺子。在北京，过年时，家家吃饺子。

从腊八起，铺户中就加紧地上年货，街上加多了货摊子——卖春联的、卖年画的、卖蜜供的、卖水仙花的等等都是只在这一季节才会出现的。这些赶年的摊子都教儿童们的心跳得特别快一些。在胡同里，吆喝的声音也比平时更多更复杂起来，其中也有仅在腊月才出现的，像卖宪书的、松枝的、薏仁米的、年糕的等等。

在有皇帝的时候，学童们到腊月十九日就不上学了，放年假一月。儿童们准备过年，差不多第一件事是买杂拌儿。这是用各种干果（花生、胶枣、榛子、栗子等）与蜜饯掺和成的，普通的带皮，高级的没有皮——例如：普通的用带皮的榛子，高级的用榛瓤儿。儿童们喜吃这些零七八碎儿，即使没有饺子吃，也必须买杂拌儿。他们的第二件大事是买爆竹，特别是男孩子们。恐怕第三件事才是买玩意儿——风筝、空竹、口琴等——和年画儿。

儿童们忙乱，大人们也紧张。他们须预备过年吃的使的喝的一切。他们也必须给儿童赶做新鞋新衣，好在新年时显出万象更新的气象。

二十三日过小年，差不多就是过新年的“彩排”。在旧社会里，这天晚上家家祭灶王，从一擦黑儿鞭炮就响起来，随着炮声把灶王的纸像焚化，美其名叫送灶王上天。在前几天，街上就有多多少少卖麦芽糖与江米糖的，糖形或为长方块或为大小瓜形。按旧日的说法：用糖粘住灶王的嘴，他到了天上就不会向玉皇报告家庭中的坏事了。现在，还有卖糖的，但是只由大家享用，并不再粘灶王的嘴了。

过了二十三，大家就更忙起来，新年眨眼就到了啊。在除夕以前，家家必须把春联贴好，必须大扫除一次，名曰扫房。必须把肉、鸡、鱼、青菜、年糕什么的都预备充足，至少足够吃用一个星期的——按老习惯，铺户多数关五天门，到正月初六才开张。假若不预备下几天的吃食，临时不容易补充。还有，旧社会里的老妈妈们，讲究在除夕把一切该切出来的东西都切出来，省得在正月初一到初五再动刀，动刀剪是不吉利的。这含有迷信的意思，不过它也表现了我们确是爱和平的人，在一岁之首连切菜刀都不愿动一动。

除夕真热闹。家家赶做年菜，到处是酒肉的香味。老少男女都穿起新衣，门外贴好红红的对联，屋里贴好各色的年画，哪一家都灯火通宵，不许间断，炮声日夜不绝。在外边做事的人，除非万不得已，必定赶回家来，吃团圆饭，祭祖。这一夜，除了很小的孩子，没有什么人睡觉，而都要守岁。

元旦的光景与除夕截然不同：除夕，街上挤满了人；元旦，铺户都上着板子，门前堆着昨夜燃放的爆竹纸皮，全城都在休息。

男人们在午前就出动，到亲戚家、朋友家去拜年。女人们在家中接待客人。同时，城内城外有许多寺院开放，任人游览，小贩们在庙外摆摊，卖茶、食品和各种玩具。北城外的大钟寺、西城外的白云观、南城的火神庙（厂甸）是最有名的。可是，开庙最初的两三天，并不十分热闹，因为人们还正忙着彼此的贺年，无暇及此。到了初五六，庙会开始风光起来，小孩们特别热心去逛，为的是到城外看看野景，可以骑毛驴，还能买到那些新年特有的玩具。白云观外的广场上有赛轿车赛马的；在老年间，据说还有赛骆驼的。这些比赛并不争取谁第一谁第二，而是在观众面前表演骡马与骑者的美好姿态与技能。

多数的铺户在初六开张，又放鞭炮，从天亮到清早，全城的炮声不绝。虽然开了张，可是除了卖吃食与其他重要日用品的铺子，大家并不很忙，铺中的伙计们还可以轮流着去逛庙、逛天桥和听戏。

元宵（汤圆）上市，新年的高潮到了——元宵节（从正月十三到十七）。除夕是热闹的，可是没有月光；元宵节呢，恰好是明月当空。元旦是体面的，家家门前贴着鲜红的春联，人们穿着新衣裳，可是它还不够美。元宵节，处处悬灯结彩，整条的大街像是办喜事，火炽而美丽。有名的老铺都要挂出几百盏灯来，有的一律是玻璃的，有的清一色是牛角的，有的都是纱灯；有的各形各色，有的通通彩绘全部《红楼梦》或《水浒传》故事。这，在当年，也就是一种广告；灯一悬起，任何人都可以进到铺中参观；晚间灯中都点上烛，观者就更多。这广告可不庸俗。干果店在灯节还要作一批杂拌儿生意，所以每每独出心裁，制成各样的冰灯，或用麦苗作成一两条碧绿的长龙，把顾客招来。

除了悬灯，广场上还放花合。在城隍庙里并且燃起火判，火舌由判官的泥像的口、耳、鼻、眼中伸吐出来。公园里放起天灯，像巨星似的飞到天空。

男男女女都出来踏月、看灯、看焰火；街上的人拥挤不动。在旧社会里，女人们轻易不出门，她们可以在灯节里得到些自由。

小孩子们买各种花炮燃放，即使不跑到街上去淘气，在家中照样能有声有光的玩耍。家中也有灯：走马灯——原始的电影——宫灯、各形各色的纸灯，还有纱灯，里面有小铃，到时候就叮叮的响。大家还必须吃汤圆呀。这的确是美好快乐的日子。

一眨眼，到了残灯末庙，学生该去上学，大人又照常作事，新年在正月十九结束了。腊月和正月，在农村社会里正是大家最闲在的时候，而猪牛羊等也正长成，所以大家要杀猪宰羊，酬劳一年的辛苦。过了灯节，天气转暖，大家就又去忙着干活了。北京虽是城市，可是它也跟着农村社会一齐过年，而且过得分外热闹。

在旧社会里，过年是与迷信分不开的。腊八粥，关东糖，除夕的饺子，都须先去供佛，而后人们再享用。除夕要接神；大年初二要祭财神，吃元宝汤（馄饨），而且有的人要到财神庙去借纸元宝，抢烧头股香。正月初八要给老人们顺星、祈寿。因此那时候最大的一笔浪费是买香蜡纸马的钱。现在，大家都不迷信了也就省下这笔开销，用到有用的地方去。特别值得提到的是现在的儿童只快活的过年，而不受那迷信的熏染，他们只有快乐，而没有恐惧——怕神怕鬼。也许，现在过年没有以前那么热闹了，可是多么清醒健康呢。以前，人们过年时托神鬼的庇佑，现在是大家劳动终岁，大家也应当快乐的过年。

běi píng de qiū

北平的秋

（节选自《四世同堂》）

老舍

北平之秋就是人间的天堂，也许比天堂更繁荣一点呢！

中秋前后是北平最美丽的时候。天气正好不冷不热，昼夜的长短也划分得平匀。没有冬季从蒙古吹来的黄风，也没有伏天里挟着冰雹的暴雨。天是那么高，那么蓝，那么亮，好像是含着笑告诉北平的人们：在这些天里，大自然是不会给你们什么威胁与损害的。西山北山的蓝色都加深了一些，每天傍晚还披上各色的霞帔。

在太平年月，街上的高摊与地摊，和果店里，都陈列出只有北平人才能一一叫出名字来的水果。各种各样的葡萄，各种各样的梨，各种各样的苹果，已经叫人够看够闻够吃的了，偏偏又加上那些又好看好闻好吃的北平特有的葫芦形的大枣，清香甜脆的小白梨，像花红那样大的白海棠，还有只供闻香儿的海棠木瓜，与通体有金星的香槟子，再配上为拜月用的，贴着金纸条的枕形西瓜，与黄的红的鸡冠花，可就使人顾不得只去享口福，而是已经辨不清哪一种香味更好闻，哪一种颜色更好看，微微的有些醉意了！

那些水果，无论是在店里或摊子上，又都摆列的那么好看，果皮上的白霜一点也没蹭掉，而都被摆成放着香气的立体的图案画，使人感到那些果贩都是些艺术家，他们会使美的东西更美一些。况且，他们还会唱呢！他们精心的把摊子摆好，而后用清脆的嗓音唱出有腔调的“果赞”：“唉——一毛钱儿来耶，你就挑一堆我的小白梨儿，皮儿又嫩，水儿又甜，没有一个虫眼儿，我的小嫩白梨儿耶！”歌声在香气中颤动，给苹果葡萄的静丽配上音乐，使人们的脚步放慢，听着看着嗅着北平之秋的美丽。

同时，良乡的肥大的栗子，裹着细沙与糖蜜在路旁唰啦唰啦的炒着，连锅下的柴烟也是香的。“大酒缸”门外，雪白的葱白正拌炒着肥嫩的羊肉；一碗酒，四两肉，有两三毛钱就可以混个醉饱。高粱红的河蟹，用席篓装着，沿街叫卖，而会享受的人们会到正阳楼去用小小的木锤，轻轻敲裂那毛茸茸的蟹脚。

同时，在街上的“香艳的”果摊中间，还有多少个兔儿爷摊子，一层层的摆起粉面彩身，身后插着旗伞的兔儿爷——有大有小，都一样的漂亮工细，有的骑着老虎，有的坐着莲花，有的肩着剃头挑儿，有的背着鲜红的小木柜；这雕塑的小品给千千万万的儿童心中种下美的种子。

同时，以花为粮的丰台开始一挑一挑的往城里运送叶齐苞大的秋菊，而公园中的花匠，与爱美的艺菊家也准备给他们费了半年多的苦心与劳力所养成的奇葩异种开“菊展”。北平的菊种之多，式样之奇，足以甲天下。

同时，像春花一般骄傲与俊美的青年学生，从清华园，从出产莲花白酒的海甸，从东南西北城，到北海去划船；荷花久已残败，可是荷叶还给小船上的男女身上染上一些清香。

同时，那文化过熟的北平人，从一入八月就准备给亲友们送节礼了。街上的铺店用各式的酒瓶，各种馅子的月饼，把自己打扮得像鲜艳的新娘子；就是那不卖礼品的铺户也要凑个热闹，挂起秋节大减价的绸条，迎接北平之秋。

北平之秋就是人间的天堂，也许比天堂更繁荣一点呢！

qǔ qián
取　钱

老舍

我亲眼得见，洋鬼子再学一百年也赶不上中国人。洋鬼子不够派。

我告诉你，二哥，中国人是伟大的。就拿银行说吧，二哥，中国最小的银行也比外国的好，不冤你。你看，二哥，昨儿个我还在银行里睡了一大觉。这个我告诉你，二哥，在外国银行里就做不到。

那年我上外国，你不是说我随了洋鬼子吗？二哥，你真有先见之明。还是拿银行说吧，我亲眼得见，洋鬼子再学一百年也赶不上中国人。洋鬼子不够派。好比这么说吧，二哥，我在外国拿着张十镑钱的支票去兑现钱。一进银行的门，就是柜台，柜台上没有亮亮的黄铜栏杆，也没有大小的铜牌。二哥你看，这和油盐店有什么分别？不够派儿。再说人吧，柜台里站着好几个，都那么光梳头，净洗脸的，脸上还笑着；这多下贱！把支票交给他们谁也行，谁也是先问你早安或午安；太不够派儿了！拿过支票就那么看一眼，紧跟着就问："怎么拿？先生！"还是笑着。哪道买卖人呢？！叫"先生"还不够，必得还笑，洋鬼子脾气！我就说了，二哥："四个一镑的单张，五镑的一张，一镑零的；零的要票子和钱两样。"要按理说，二哥，十镑钱要这一套啰哩啰嗦，你讨厌不，假若二哥你是银行的伙计？你猜怎么样，二哥，洋鬼子笑得更下贱了，好像这样麻烦是应当应分。喝，登时从柜台下面抽出簿子来，刷刷的就写；写完，又一伸手，钱是钱，票子是票子，没有一眨眼的工夫，都给我数出来了；紧跟着便是："请点一点，先生！"又是一个"先生"，下贱，不懂得买卖规矩！点完了钱，我反倒愣住了，好像忘了点什么。对了，我并没忘了什么，是奇怪洋鬼子干事——况且是堂堂的大银行——为什么这样快？赶丧哪？真他妈的！

二哥，还是中国的银行，多么有派儿！我不是说昨儿个去取钱吗？早八点就去了，因为现在天儿热，银行八点就开门；抓个早儿，省得大晌午的劳动人家；咱们事事都得留个心眼，人家有个伺候得着与伺候不着，不是吗？到了银行，人家真开了门，我就心里说，二哥：大热的天，说什么时候开门就什么时候开门，真叫不容易。其实人家要楞不开一天，不是谁也管不了吗？一边赞叹，我一边就往里走。喝，大电扇忽忽的吹着，人家已经都各按部位坐得稳稳当当，吸着烟卷，按着铃要茶水，太好了，活像一群皇上，太够派儿了。我一看，就不好意思过去，大热的天，不叫人家多歇会儿，未免有点不知好歹。可是我到底过去了，二哥，因为怕人家把我撵出去；人家看我像没事的，还不撵出来么？人家是银行，又不是茶馆，可以随便出入。我就过去了，极慢的把支票放在柜台上。没人搭理我，当然的。有一位看了我一看，我很高兴；大热的天，看我一眼，不容易。二哥，我一过去就预备好了：先用左腿金鸡独立的站着，为是站乏了好换腿。左腿立了有十分钟，我很高兴我的腿确是有了劲。支持到十二分钟我不能不换腿了，于是就来个右金鸡独立。右腿也不弱，我更高兴了，嗨，爽性来个猴啃桃吧，我就头朝下，顺着柜台倒站了几分钟。翻过身来，大家还没动静，我又翻了十来个跟头，打了些旋风脚。刚站稳了，过来一位；心里说：我还没练两套拳呢；这么快？那位先生敢情是过来吐口痰，我补上了两套拳。拳练完了，我出了点汗，很痛快。又站了会儿，一边喘气，一边欣赏大家的派头——真稳！很想给他们喝个彩。八点四十分，过来一位，脸上要下雨，眉毛上满是黑云，看了我一看。我很难过，大热的天，来给人家添麻烦。他看了支票一眼，又看了我一眼，好像断定我和支票像亲哥儿俩不像。我很想把脑门子上签个字。他连大气没出把支票拿了走，扔给我一面小铜牌。我直说：“不忙，不忙！今天要不合适，我明天再来；明天立秋。”我是真怕把他气死，大热的天。他还是没理我，真够派儿，使我肃然起敬！

拿着铜牌，我坐在椅子上，往放钱的那边看了一下。放钱的先生——一位像屈原的中年人——刚按铃要鸡丝面。我一想：工友传达到厨房，厨子还得上街买鸡，凑巧了鸡也许还没长成个儿；即使顺当的买着鸡，面也许还没磨好。说不定，这碗鸡丝面得等三天三夜。放钱的先生当然在吃面之前决不会放钱；大热的天，腹里没食怎能办事。我觉得太对不起人了，二哥！心中一懊悔，我有点发困，靠着椅子就睡了。睡得挺好，没蚊子也没臭虫，到底是银行里！一闭眼就睡了五十多分钟；我的身体，二哥，是不错了！吃得饱，睡得着！偷偷的往放钱的先生那边一看，（不好意思正眼看，大热的天，赶劳人是不对的！）鸡丝面还没来呢。我很替他着急，肚子怪饿的，坐着多么难受。他可是真够派儿，肚子那么饿还不动声色，没法不佩服他了，二哥。

大概有十点左右吧，鸡丝面来了！“大概”，因为我不肯看壁上的钟——大热的天，表示出催促人家的意思简直不够朋友。况且我才等了两点钟，算得了什么。我偷偷的看人家吃面。他吃得可不慢。我觉得对不起人。为兑我这张支票再逼得人家噎死，不人道！二哥，咱们都是善心人哪。他吃完了面，按铃要手巾把，然后点上火纸，咕噜开小水烟袋。我这才放心，他不至于噎死了。他又吸了半点多钟水烟。这时候，二哥。等取钱的已有了六七位，我们彼此对看，眼中都带出对不起人的神气。我要是开银行，二哥，开市的那天就先枪毙俩取钱的，省得日后麻烦。大热的天，取哪门子钱？！不知好歹！

十点半，放钱的先生立起来伸了伸腰。然后捧着小水烟袋和同事低声闲谈起来。我替他抱不平，二哥，大热的天，十时半还得在行里闲谈，多么不自由！凭他的派儿，至少该上青岛避两月暑去；还在行里，还得闲谈，哼！

十一点，他回来，放下水烟袋，出去了；大概是去出恭。十一点半才回来。大热的天，二哥，人家得出半点钟的恭，多不容易！再说，十一点半，他居然拿起笔来写账，看支票。我直要过去劝告他不必着急。大热的天，为几个取钱的得点病才合不着。到了十二点，我决定回家，明天再来。我刚要走，放钱的先生喊："一号！"我真不愿过去，这个人使我失望！才等了四点钟就放钱，派儿不到家！可是，他到底没使我失望。我一过去，他没说什么，只指了指支票的背面，原来我忘了在背后签字，他没等我拔下自来水笔来，说了句："明天再说吧。"这才是我所希望的！本来吗，人家是一点关门；我补签上字，再等四点钟，不就是下午四点了吗？大热的天，二哥，人家能到时候不关门？我收起支票来，想说几句极合适的客气话，可是他喊了"二号"；我不能再耽误人家的工夫，决定回家好好的写封道歉的信！二哥，你得开开眼去，太够派儿！

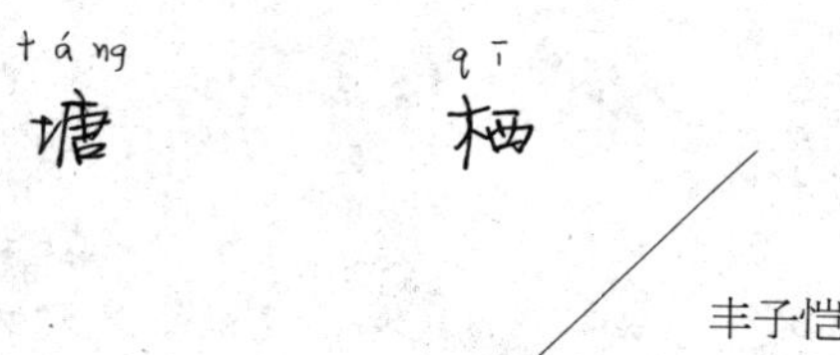

江南佳丽地，塘栖水乡是代表之一。

夏目漱石的小说《旅宿》(日文名《草枕》)中，有这样的一段文章:“像火车那样足以代表二十世纪的文明的东西，恐怕没有了。把几百个人装在同样的箱子里蓦然地拉走，毫不留情。被装进在箱子里的许多人，必须大家用同样的速度奔向同一车站，同样地熏沐蒸汽的恩泽。别人都说乘火车，我说是装进火车里。别人都说乘了火车走，我说被火车搬运。像火车那样蔑视个性的东西是没有的了。……”

我翻译这篇小说时，一面非笑这位夏目先生的顽固，一面体谅他的心情。在二十世纪中，这样重视个性，这样嫌恶物质文明的，恐怕没有了。有之，还有一个我，我自己也怀着和他同样的心情呢。从我乡石门湾到杭州，只要坐一小时轮船，乘一小时火车，就可到达。但我常常坐客船，走运河，在塘栖过夜，走它两三天，到横河桥上岸，再坐黄包车来到田家园的寓所。这寓所赛如我的“行宫”，有一男仆经常照管着。我那时不务正业，全靠在家写作度日，虽不富裕，倒也开销得过。

客船是我们水乡一带地方特有的一种船。水乡地方，河流四通八达。这环境娇养了人，三五里路也要坐船，不肯步行。客船最讲究，船内装备极好。分为船艄、船舱、船头三部分，都有板壁隔开。船艄是摇船人工作之所，烧饭也在这里。船舱是客人坐的，船头上安置什物。舱内设一榻、一小桌，两旁开玻璃窗，窗下都有坐板。那张小桌平时摆在船舱角里，三只短脚搁在坐板上，一只长脚落地。倘有四人共饮，三只短脚可接长来，四脚落地，放在船舱中央。此桌约有二尺见方，叉麻雀也可以。舱内隔壁上都嵌着书画镜框，竟像一间小小的客堂。这种船真可称之为画船。这种画船雇用一天大约一元。（那时米价每石约二元半。）我家在附近各埠都有亲戚，往来常坐客船。因此船家把我们当作老主顾。但普通只雇一天，不在船中宿夜。只有我到杭州，才包它好几天。

吃过早饭，把被褥用品送进船内，从容开船。凭窗闲眺两岸景色，自得其乐。

中午，船家送出酒饭来。傍晚到达塘栖，我就上岸去吃酒了。塘栖是一个镇，其特色是家家门前建着凉棚，不怕天雨。有一句话，叫做“塘栖镇上落雨，淋勿着”。“淋”与“轮”发音相似，所以凡事轮不着，就说“塘栖镇上落雨”。

且说塘栖的酒店，有一特色，即酒菜种类多而分量少。几十只小盆子罗列着，有荤有素，有干有湿，有甜有咸，随顾客选择。真正吃酒的人，才能赏识这种酒家。若是壮士、莽汉，像樊哙、鲁智深之流，不宜上这种酒家。他们狼吞虎嚼起来，一盆酒菜不够一口。必须是所谓酒徒，才可请进来。酒徒吃酒，不在菜多，但求味美。呷一口花雕，嚼一片嫩笋，其味无穷。这种人深得酒中三昧，所以称之为“徒”。迷于赌博的叫做赌徒，迷于吃酒的叫做酒徒。但爱酒毕竟和爱钱不同，故酒徒不宜与赌徒同列。和尚称为僧徒，与酒徒同列可也。我发了这许多议论，无非要表示我是个酒徒，故能赏识塘栖的酒家。我吃过一斤花雕，要酒家做碗素面，便醉饱了。算还了酒钞，便走出门，到淋勿着的塘栖街上去散步。塘栖枇杷是有名的。我买些白沙枇杷，回到船里，分些给船娘，然后自吃。

在船里吃枇杷是一件快适的事。吃枇杷要剥皮，要出核，把手弄脏，把桌子弄脏。吃好之后必须收拾桌子，洗手，实在麻烦。船里吃枇杷就没有这种麻烦。靠在船窗口吃，皮和核都丢在河里，吃好之后在河里洗手。坐船逢雨天，在别处是不快的，在塘栖却别有趣味。因为岸上淋勿着，绝不妨碍你上岸。况且有一种诗趣，使你想起古人的佳句："人人尽说江南好，游人只合江南老。春水碧于天，画船听雨眠。""闲梦江南梅熟日，夜船吹笛雨潇潇。"古人赞美江南，不是信口乱道，确是亲身体会才说出来的。

江南佳丽地，塘栖水乡是代表之一。我谢绝了二十世纪的文明产物的火车，不惜工本地坐客船到杭州，实在并非顽固。知我者，其唯夏目漱石乎？

bái é
白　鹅

丰子恺

鹅的吃饭，非有一人侍候不可。真是架子十足的！

抗战胜利后八个月零十天，我卖脱了三年前在重庆沙坪坝庙湾地方自建的小屋，迁居城中去等候归舟。

除了托庇三年的情感以外，我对这小屋实在毫无留恋。因为这屋太简陋了，这环境太荒凉了；我去屋如弃敝屣。倒是屋里养的一只白鹅，使我恋恋不忘。

这白鹅，是一位将要远行的朋友送给我的。这朋友住在北碚，特地从北碚把这鹅带到重庆来送给我，我亲自抱了这雪白的大鸟回家，放在院子内。它伸长了头颈，左顾右盼，我一看这姿态，想道："好一个高傲的动物！"凡动物，头是最主要部分。这部分的形状，最能表明动物的性格。例如狮子、老虎，头都是大的，表示其力强。麒麟、骆驼，头都是高的，表示其高超。狼、狐、狗等，头都是尖的，表示其刁奸猥鄙。猪猡、乌龟等，头都是缩的，表示其冥顽愚蠢。鹅的头在比例上比骆驼更高，与麒麟相似，正是高超的性格的表示。而在它的叫声、步态、吃相中，更表示出一种傲慢之气。

鹅的叫声，与鸭的叫声大体相似，都是"轧轧"然的。但音调上大不相同。鸭的"轧轧"，其音调琐碎而愉快，有小心翼翼的意味；鹅的"轧轧"，其音调严肃郑重，有似厉声呵斥。它的旧主人告诉我：养鹅等于养狗，它也能看守门户。后来我看到果然：凡有生客进来，鹅必然厉声叫嚣；甚至篱笆外有人走路，也要它引吭大叫，其叫声的严厉，不亚于狗的狂吠。狗的狂吠，是专对生客或宵小用的；见了主人，狗会摇头摆尾，呜呜地乞怜。鹅则对无论何人，都是厉声呵斥；要求饲食时的叫声，也好像大爷嫌饭迟而怒骂小使一样。

鹅的步态，更是傲慢了。这在大体上也与鸭相似。但鸭的步调急速，有局促不安之相。鹅的步调从容，大模大样的，颇像平剧（京剧）里的净角出场。这正是它的傲慢性格的表现。我们走近鸡或鸭，这鸡或鸭一定让步逃走，这是表示对人惧怕，所以我们要捉住鸡或鸭，颇不容易。那鹅就不然：它傲然地站着，看见人走来简直不让；有时非但不让，竟伸过颈子来咬你一口。这表示它不怕人，看不起人。但这傲慢终归是狂妄的。我们一伸手，就可一把抓住它的项颈，而任意处置它。家畜之中，最傲人的无过于鹅。同时最容易捉住的也无过于鹅。

鹅的吃饭，常常使我们发笑。我们的鹅是吃冷饭的，一日三餐。它需要三样东西下饭：一样是水，一样是泥，一样是草。先吃一口冷饭，次吃一口水，然后再到某地方去吃一口泥及草。这地方是它自己选定的，选的目标，我们做人的无法知道。大约泥和草也有各种滋味，它是依着它的胃口而选定的。这食料并不奢侈；但它的吃法，三眼一板，丝毫不苟。譬如吃了一口饭，倘水盆偶然放在远处，它一定从容不迫地踏大步走上前去，饮水一口。再踏大步走到一定的地方去吃泥，吃草。吃过泥和草再回来吃饭。这样从容不迫地吃饭，必须有一个人在旁侍候，像饭馆里的堂倌一样。因为附近的狗，都知道我们这位鹅老爷的脾气，每逢它吃饭的时候，狗就躲在篱边窥伺。等它吃过一口饭，踏着方步去吃水、吃泥、吃草的当儿，狗就敏捷地跑上来，努力地吃它的饭。没有吃完，鹅老爷偶然早归，伸颈去咬狗，并且厉声叫骂，狗立刻逃往篱边，蹲着静候；看它再吃了一口饭，再走开去吃水、吃草、吃泥的时候，狗又敏捷地跑上来，这回就把它的饭吃完，扬长而去了。等到鹅再来吃饭的时候，饭罐已经空空如也。鹅便昂首大叫，似乎责备人们供养不周。这时我们便替它添饭，并且站着侍候。因为邻近狗很多，一狗方去，一狗又来蹲着窥伺了。邻近的鸡也很多，也常蹑手蹑脚地来偷鹅的饭吃。我们不胜其烦.

以后便将饭罐和水盆放在一起，免得它走远去，被鸡、狗偷饭吃。然而它所必须的盛馔泥和草，所在的地点远近无定。为了找这盛馔，它仍是要走远去的。因此鹅的吃饭，非有一人侍候不可。真是架子十足的！

鹅，不拘它如何高傲，我们始终要养它，直到房子卖脱为止。因为它对我们，物质上和精神上都有贡献，使主母和主人都欢喜它。物质上的贡献，是生蛋。它每天或隔天生一个蛋，篱边特设一堆稻草，鹅蹲伏在稻草中了，便是要生蛋了。家里的小孩子更兴奋，站在它旁边等候。它分娩毕，就起身，大踏步走进屋里去，大声叫开饭。这时候孩子们把蛋热热地捡起，藏在背后拿进屋子来，说是怕鹅看见了要生气。鹅蛋真是大，有鸡蛋的四倍呢！主母的蛋篓子内积得多了，就拿来制盐蛋，炖一个盐鹅蛋，一家人吃不了！工友上街买菜回来说："今天菜市上有卖鹅蛋的，要四百元一个，我们的鹅每天挣四百元，一个月挣一万二，比我们做工的还好呢，哈哈哈哈。"大家陪他"哈哈哈哈"。望望那鹅，它正吃饱了饭，昂胸凸肚地，在院子里跨方步，看野景，似乎更加神气了。但我觉得，比吃鹅蛋更好的，还是它的精神的贡献。因为我们这屋实在太简陋，环境实在太荒凉，生活实在太岑寂了。赖有这一只白鹅，点缀庭院，增加生气，慰我寂寥。

且说我这屋子，真是简陋极了：篱笆之内，地皮二十方丈，屋所占的只六方丈。这六方丈上，建着三间"抗建式"平屋，每间前后划分为二室，共得六室，每室平均一方丈。中央一间，前室特别大些，约有一方丈半弱，算是食堂兼客堂；后室就只有半方丈强，比公共汽车还小，作为家人的卧室。西边一间，平均划分为二，算是厨房及工友室。东边一间，也平均划分为二，后室也是家人的卧室，前室便是我的书房兼卧房。三年以来，我坐卧写作，都在这一方丈内。归熙甫《项脊轩记》中说："室仅方丈，可容一人居。"又说："雨泽下注，每移案，顾视无可置者。"我只有想起这些话的时候，感觉得自己满足。我的屋虽不上漏，可是墙是竹制的，单薄得很。夏天九点钟以后，东墙上炙手可热，室内好比开放了热水汀。这时候反教人希望警报，可到六七丈深的地下室去凉快一下呢。

竹篱之内的院子，薄薄的泥层下面尽是岩石，只能种些番茄、蚕豆、芭蕉之类，却不能种树木。竹篱之外，坡岩起伏，尽是荒郊。因此这小屋赤裸裸的，孤零零的，毫无依蔽；远远望来，正像一个亭子。我长年坐守其中，就好比一个亭长。这地点离街约有里许，小径迂回，不易寻找，来客极稀。杜诗"幽栖地僻经过少"一句，这室可以受之无愧。风雨之日，泥泞载途，狗也懒得走过，环境荒凉更甚。这些日子的岑寂的滋味，至今回想还觉得可怕。

自从这小屋落成之后，我就辞绝了教职，恢复了战前的闲居生活。我对外间绝少往来，每日只是读书作画，饮酒闲谈而已。我的时间全部是我自己的，这是我的性格的要求，这在我是认为幸福的。然而这幸福必须两个条件：在太平时，在都会里。如今在抗战期，在荒村里，这幸福就伴着一种苦闷——岑寂。为避免这苦闷，我便在读书、作画之余，在院子里种豆，种菜，养鸽，养鹅。而鹅给我的印象最深。因为它有那么庞大的身体，那么雪白的颜色，那么雄壮的叫声，那么轩昂的态度，那么高傲的脾气，和那么可笑的行为。在这荒凉举寂的环境中，这鹅竟成了一个焦点。凄风苦雨之日，手酸意倦之时，推窗一望，死气沉沉中惟有这伟大的雪白的东西，高擎着琥珀色的喙，在雨中昂然独步，好像一个武装的守卫，使得这小屋有了保障，这院子有了主宰，这环境有了生气。

我的小屋易主的前几天，我把这鹅送给住在小龙坎的朋友人家。送出之后的几天内，颇有异样的感觉。这感觉与诀别一个人的时候所发生的感觉完全相同，不过分量较为轻微而已。原来一切众生，本是同根，凡属血气，皆有共感。所以这禽鸟比这房屋更是牵惹人情，更能使人留恋。现在我写这篇短文，就好比为一个永诀的朋友立传，写照。

这鹅的旧主人姓夏名宗禹，现在与我邻居着。

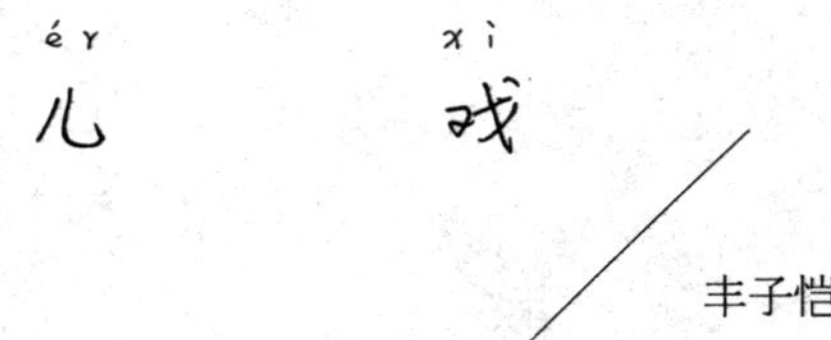

开化的世间是不通行用武力的。

楼下忽然起了一片孩子们暴动的声音。他们的娘高声喊着："两只雄鸡又在斗了，爸爸快来劝解！"我不及放下手中的报纸，连忙跑下楼来。

原来是两个男孩在打架：六岁的元草要夺九岁的华瞻的木片头，华瞻不给，元草哭着用手打他的头；华瞻也哭着，双手擎起木片头，用脚踢元草的腿。

我放下报纸，把身体插入两孩子的中间，用两臂分别抱住了两孩子，对他们说："不许打！为的啥事体？大家讲！"元草竭力想摆脱我的手臂而向对方进攻，一面带哭带嚷地说："他不肯给我木片头！他不肯给我木片头！"似乎这就是他打人的正当理由。华瞻究竟比他大了三岁，最初静伏在我的臂弯里，表示不抵抗而听我调解，后来吃着口声辩："这些木片头原是我的！他要夺，我不给，他就打我！"元草用哭声接着说："他踢我！"华瞻改用直接交涉，对着他说："你先打！"在旁作壁上观的宝姊姊发表意见："轻句还重句，先打呒道理！"

背后另一个又发表一种舆论："君子开口，小人动手！"我未及下评判，元草已猛力退出我的手臂，突然向对方袭击。他们的娘看我排解无效，赶过来将元草擒去，抱在怀里，用甘言骗住他。我也把华瞻抱在怀里，用话抚慰他。两孩子分别占据了两亲的怀里，暴动方始告终。这时候，"五香——豆腐干"的叫声在后门外亲切地响着，把脸上挂着眼泪的两孩子一齐从我们的怀里叫了出去。我拿了报纸重回楼上去的时候，已听到他们复交后的笑谈声了。

但我到了楼上，并不继续看报。因为我看刚才的事件，觉得比看报上的国际纷争直截明了得多。我想：世间人与人的对待，小的是个人对个人，大的是团体对团体。个人对待中最小的是小孩对小孩，团体对待中最大的是国家对国家。在文明的世间，除了最小的和最大的两极端而外，人对人的交涉，总是用口的说话来讲理，而不用身体的武力来相打的。例如要掠夺，也必要巧妙的手段；要侵占，也必立巧妙的名义：所谓“攻击”也只是辩论，所谓“打倒”也只是叫喊。故人对人虽怀怨害之心，相见还是点头握手，敷衍应酬。虽然也有用武力的人，但“君子开口，小人动手”，开化的世间是不通行用武力的。其中唯有最小的和最大的两极端不然：小孩对小孩的交涉，可以不讲理，而通行用武力来相打；国家对国家的交涉，也可以不讲理，而通行用武力来战争。战争就是大规模的相打。可知凡物相反对的两极端相通似，或相等。

国际的事如儿戏，或等于儿戏。

素

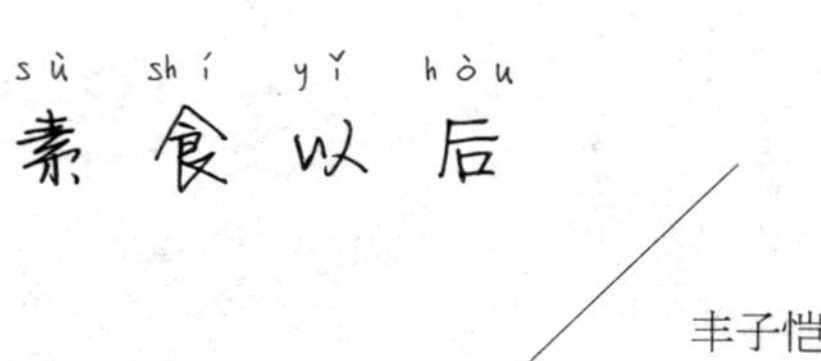

素食以后

丰子恺

世间自动的素食者少，被动的素食者多。而被动的原动力往往是灾祸或穷困。

我素食至今已七年了，一向若无其事，也不想说什么话。这回大醒法师来信，要我写一篇“素食以后”，我就写些。

我看世间素食的人可分两种，一种是主动的，一种是被动的。我的素食是主动的。其原因，我承受先父的遗习，除了幼时吃过些火腿以外，平生不知任何种鲜肉味，吃下鲜肉去要呕吐。三十岁上，羡慕佛教徒的生活，便连一切荤都不吃，并且戒酒。我的戒酒不及荤的自然：当时我每天喝两顿酒，每顿喝绍兴酒一斤以上。突然不喝，生活上缺少了一种兴味，颇觉异样。但因为有更大的意志的要求，戒酒后另添了种生活兴味，就是持戒的兴味。在未戒酒时，白天若得喝两顿酒，晚上便会欢喜满足地就寝；在戒酒之后，白天若得持两回戒，晚上也会欢喜满足地就寝。性质不同，其为兴味则一。但不久我的戒酒就同除荤一样地若无其事。我对于“绿蚁新醅酒，红泥小火炉。晚来天欲雪，能饮一杯无？”一类的诗忽然失却了切身的兴味。但在另一类的诗中也获得了另一种切身的兴味。这种兴味若何？一言难尽，大约是“无花无酒过清明”的野僧的萧然的兴味吧。

被动的素食，我看有三种：第一是营业僧的吃素。营业僧这个名词是我擅定的，就是指专为丧事人家诵经拜忏而每天赚大洋两角八分（或更多，或更少，不定）的工资的和尚。这种和尚有的是颠沛流离生活无着而做和尚的，有的是幼时被穷困的父母以三块钱（或更多，或更少，不定）一岁卖给寺里做和尚的。大都不是自动地出家，因之其素食也被动：平时在寺庙里竟公开地吃荤酒，到丧事人家做法事，勉强地吃素；有许多地方风俗，最后一餐，丧事人家也必给和尚们吃荤。第二种是特殊时期的吃素，例如父母死了，子女在头七里吃素，孝思更重的在七七里吃素。又如近来浙东大旱，各处断屠，在断屠期内，大家忍耐着吃素。虽有真为孝思所感而弃绝荤腥的人，或真心求上苍感应而虔诚斋戒的人，但多数是被动的。第三种是穷人的吃素。穷人买米都成问题，有饭吃大事已定，遑论菜蔬？他们即有菜蔬，真个是“菜蔬”而已。现今乡村间这种人很多，出市，用三个铜板买一块红腐乳带回去，算是为全家办盛馔了。但他们何尝不想吃鱼肉？是穷困强迫他们的素食的。

世间自动的素食者少，被动的素食者多。而被动的原动力往往是灾祸或穷困。因此世间有一种人看素食一事是苦的，而看自动素食的人是异端的，神经病的，或竟是犯贱的，不合理的。

萧伯讷吃素，为他作传的赫理斯说他的作品中女性描写的失败是不吃肉的原故。我们非萧伯讷的人吃了素，也常常受人各种各样的反对和讥讽。低级的反对者，以为“吃长素”是迷信的老太婆的事，是消极的落伍的行为。较高级的反对者有两派，一是根据实利的，一是根据理论的。前者以为吃素营养不足，出门不便利。后者以为一滴水中有无数微生物，吃素的人都是掩耳盗铃；又以为动物的供食用合于天演淘汰之理，全世界人不食肉时禽兽将充斥世界为人祸害；而持杀戒者不杀害虫，尤为科学时代功利主义的信徒所反对。

对于低级的反对者，和对于实利说的反对者，我都感谢他们的好意，并设法为他说明素食和我的关系。唯有对于浅薄的功利主义信徒的攻击似的反对我不屑置辩。逢到几个初出茅庐的新青年声势汹汹似地责问我“为什么不吃荤？”“为什么不杀害虫？”的时候，我也只有回答他说“不欢喜吃，所以不吃。”“不做除虫委员，所以不杀。”功利主义的信徒，把人世的一切看作商业买卖。我的素食不是营商，便受他们反对。素食之理趣，对他们“不可说，不可说”。其实我并不劝大家素食。《护生画集》中的画，不过是我素食后的感想的造形的表现，看不看由你，看了感动不感动更非我所计较。我虽不劝大家素食，我国素食的人近来似乎日渐多起来了。天灾人祸交作，城市的富人为大旱断屠而素食，乡村的穷民为无钱买肉而素食。从前三餐肥鲜的人现在只得吃青菜豆腐了。从前“无肉不吃饭”的人现在几乎“无饭不吃肉”了。城乡各处盛行素食，“吾道不孤”，然而这不是我所盼望的！

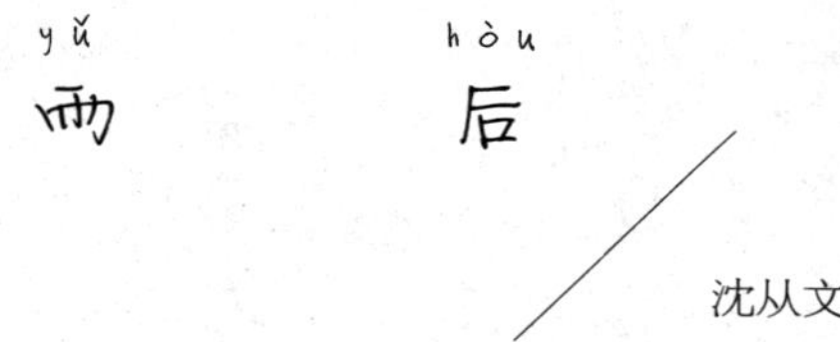

“我明白你会来，所以我等。”

“我明白你会来，所以我等。”

“当真等我？”

“可不是，我看看天，雨快要落了，谁知道这雨要落多大多久，天又是黑的，我喊了五声，或者七声。我说，四狗，四狗，你是怎么啦！雨快要落了，不怕雷公打你么？全不曾回声。我以为你回家了。我又算……雨可真来了，这里树叶子响得怕人，我不怕，可只担心你。我知道你是不曾拿斗篷的。雨水可真大，我躲在那株大楠木下，就是那株楠木，我们俩……忘记了么？你装。我要问你到底打哪儿来，身上也不湿多少，头又是光的，我问你，躲到什么洞里。”

四狗笑，四狗不答。他不说从家中来，她便明白的。

他坐到那人身边去，挤拢去坐，垫坐的是些桐木叶。

这时雨已过前山，太阳复出了，还可以看前山成块成片的云，像追赶野猪，只飞奔。四狗坐处四围是虫声，是树木枝叶上积雨下滴的声音，头上是个棚，雨后太阳蒸得山头出热气，四狗头上却阴凉。头上虽凉心却热，四狗的腰被两只手围着了。

“四狗，——”想说什么不及说，便打一声唿哨。

因为对山有同伴，同伴这时正吹着口哨找人。

同伴是在雨止以后又散在山头摘蕨菜，这时陪四狗坐的也是摘蕨人。

在两人背后有一个背笼，是她的。四狗便回头扳那背笼看。

“今天怎么只得这一点？……喔，花倒得了不少。还有莓咧，我正渴，让我吃莓吧。下了一阵雨，莓是洗淡了，这个可是雨前摘的？我喂你一颗，算我今天赔礼，不成吗？”

“要你赔礼？我才……”

她把围着四狗的腰的两只手放松了，去采地上的枯草。

“我告你，我也总有一天要枯的，——一切也要枯，到八月九月，我总比你们枯得更早。”

四狗莫名其妙，他说道：

“我的天，我听不懂你的话。说什么枯不枯。”

“我也不一定要你懂，你总有一天懂的。”

“让我在这儿便懂，成不成？”

“你要懂，就懂了，载不得我说。”她又想，“聋子耳边响大雷，没得用处。”就哧的笑了。

四狗不再吃莓了，用手扳并排坐的人头。黑色的皮肤，红红的嘴，大大的眼睛与长长的眉毛。四狗这时重新来估价。鼻子小，耳朵大，下巴是尖的，这些地方四狗却放过了。

他捏她辫子，辫子是先盘在头上，像一盘乌梢蛇，这时这蛇挂在背后了，四狗不怕蛇咬人，从头捏至尾。

“你少野点。”说了却并不回头。

因为蛇尾在尾脊骨下，四狗的手不得到警告以前，已随随便便的……四狗渐渐明白自己的过错了。通常便如此，非使人稍稍生气，不会明白的。于是他亲她的嘴——把脸扭着不让这么办，所亲的只是耳下的颈子。四狗为这个情形倒又笑了。他算计得出，这是经验过的，像看戏一样，每戏全有打加官。打加官以后是……末了杂戏热闹之至。

稍停停，不让四狗见到那么背了脸，也笑了，四狗不必看也清楚。

四狗说：“莫发我的气好了。”

“怎么还说人发你的气。女人敢惹男子吗？……嘘，七妹子，你莫颠！”

后面的话音扬得极高，为的是应付对山上一个女人的唱歌。对山七妹子知道这一边山草棚下有阿姐与四狗在，就唱歌弄人。

四狗是不常常唱歌的，除非是这时人隔一重山——然而如今隔一层什么？他的手，那只拈吃过特意为他摘来的三月莓的手，已大胆无畏从她胁下伸过去，抓定一只奶了。

但仍然得唱，唱的是：“大姐走路笑笑底，一对奶子翘翘底。心想用手摩一摩，心子只是跳跳底。”

四狗的心跳，说大话而已。习惯事情不能心跳了，除非是把桐木叶子作她的褥，四狗的身作她的被，那时得使四狗只想学狗打滚。

对山的七妹子，像看清四狗唱这歌情形下的一切，便大声的喊：“四狗！四狗！你又撒野了，我要告你们的状。”

“七妹子，你再发疯，你让我捶你！”

作妹的怕姐姐，经过一阵吓，便顾自规规矩矩扯蕨菜去了。这里的四狗不久两只手全没了空。

像捉鱼，这鱼是活的，却不挣，是四狗两手的感觉。

四狗不认字，所以当前一切却无诗意。然而听一切大小虫子的叫，听晾干了翅膀的蚱蜢各处飞，听树叶上的雨点向地下的跳跃，听在身边一个人的心跳，全是诗的。

“请你念一句诗给我听。”因为她读过书，而且如今还能看小说，四狗就这样请。

明白她是读书人，也就容易明白先时同四狗说话的深意了。她从书上知道的事，全不是四狗从实际上所能了解的事。

说是要枯了，女人只是一朵花，真要枯。知道枯比其他快，便应当更深的爱。然而四狗不是深深的爱吗？虽然深深的爱，总还有不够处，这是认字的过错。四狗幸好不认字，不然这一对，当更不知道在这样天气下找应当找的快乐了。

说是请念一句诗，她就想：

念深了又不能懂，浅了又赶不上山歌好，她只念："落花人独立，微雨燕双飞。"景不洽，但情绪是这样情绪。总还有比这个更好的诗，她不能一一去从心中搜寻了。

四狗说这诗好，——不是说诗好，他并不懂诗，是说念诗的人与此时情景好罢了。他说不出他的快乐，借诗泄气。手是更其撒野了……

"这样天气是不准人放荡的天气，不知道么？"

四狗听到说天气，才像去注意天气一样，望望天。天是蓝分分的，还有白的云。白的云若能说是羊，则这羊是在海中走的。四狗没见过海，但是那么大，那么深，那么一望无边，天也可以说是海了。

"我说天气太好了，又凉，又清，又……"

"你要成痨病才快活。"

"我成痨病时，你给我的要好多！"四狗意思是身体强，纵听过人说年青人不注意身体就会害痨病，然而痨病不是一时起的事。

"给你的，——给你的什么？呸！"

到底给什么，四狗也说不出口。于是被呸了也不争这一口气。说出来，难道算聪明么？

到后他想到另外一个事情，要她把舌子让他咬。顽皮的章法，是四狗以外的别一个也想不出，不是四狗她也不会照办。

“四狗你真坏，跟谁学到这个？”

四狗不答，仍然吮，那么馋嘴，那么粘糍，活像一只叭儿狗。

“四狗……你去好了。”

“我去，你一个人在这里呆成？”

她却笑，望四狗，身子只是那么找不到安置处，想同四狗变成一个人。

她把眼闭着，还是说，“四狗，你去了吧。”

四狗要走，可也得呆一会儿。

他看她着急。这是有经验的。他仍然不松不紧的在她面前缠，则结果她将承认四狗在她面前放肆是必要的一件事。四狗“坏”，至少在这件事上是坏的，然而这是有纵容四狗坏的人在，不应当由四狗一人负责。

“我让你摆布，四狗可是，你让我……”一切照办，四狗到后被问到究竟给了他多少，可胡涂得红脸了。头上是蓝分分海样的天，压下来，然而有席棚挡驾，不怕被天压死。女人说，四狗，你把我压死了吧！也像有这样存心，到后可同天一样，作被盖的东西总不是压得人死的。

四狗得了些什么？不能说明。他得了她所给他的快活。然而快活是用升可以量还是用秤可以称的东西呢？他又不知道了。她也得了些，她得的更不是通常四狗解释的快乐两字。

四狗给她一些气力，一些强硬，一些温柔，她用这些东西把自己陶醉，醉到不知人事。

一个年青女人，得到男子的好处，不是言语或文字可以解说的，所以她不作声。仰天望，望得是四狗的大鼻子同一口白牙齿。然而这是放肆过后的事了。

“四狗，不许到井边吃那个冷水！”

在草棚的她向下山的四狗遥喊时，四狗已走到竹子林中，被竹子拦了她的眼睛了。

天气还早，不是烧夜火时候。雨不落了，她还是躺着，也不去采蕨菜。

xuě qíng
雪晴

沈从文

阳光上了窗棂，屋外檐前正滴着融雪水。

我年纪刚满十八岁。

竹林中一片斑鸠声，浸入我迷蒙意识里。一切都若十分陌生又极端荒唐。这是我初到“高枧”地方第二天一个雪晴的早晨。

我躺在一铺楠木雕花大板床上，包裹在带有干草和干果香味的新被絮里。细白麻布帐子如一座有顶盖的方城，在这座方城中，我已甜甜的睡足了十个钟头。昨天在二尺来深雪中走了四五十里山路的劳累已恢复过来了。房正中那个白铜火盆，昨夜用热灰掩上的炭火，不知什么时候已被人拨开，加上了些新栗炭，从炭盆中小火星的快乐爆炸继续中，我渐次由迷蒙渡到完全清醒。我明白，我又起始活在一种现代传奇中了。

昨天来到这里以前，几个人几只狗在积雪被覆的溪涧中追逐狐狸，共同奔赴蹴起一阵如云如雾雪粉，人的欢呼兽的低嗥所形成一种生命的律动，和午后雪晴冷静景物相配衬，那个动人情景再现到我的印象中时，已如离奇的梦魇。加上初初进到村子里，从融雪带泥的小径，绕过了碾坊、榨油坊，以及夹有融雪寒意半涧溪水如奔如赴的小溪河迈过，转入这个有喜庆事的庄宅。在灯火煌煌笳鼓竞奏中，和几个小乡绅同席对杯，参加主人家喜筵的热闹，所得另外一堆印象，增加了我对于现实处境的迷惑。因此各个印象不免重叠起来。印象虽重叠却并不混淆，正如同一支在演奏中的乐曲，兼有细腻和壮丽，每件乐器所发出的每个音响，即使再低微也异常清晰，且若各有位置，独立存在，一一可以摄取。

新发醅的甜米酒，照规矩连缸抬到客席前，当众揭开盖覆，一阵子向上泛涌泡沫的滋滋细声，却不曾被院坪中尖锐呜咽的唢呐声音所淹没。屋主人的老太太，银白头发上簪的那朵大红山茶花，在新娘子十二幅大红绉罗裙照映中，也依然异样鲜明。还有那些成熟待年的女客人，共同浸透了青春热情黑而有光的眼睛，亦无不如各有一种不同分量压在我的记忆上。我眼中被屋外积雪返光形成一朵紫茸茸的金黄镶边的葵花，在荡动不居情况中老是变化，想把握无从把握，希望它稍稍停顿，也不能停顿。过去印象也因之随同这个而动荡、鲜明、华丽，闪闪灼灼摇摇晃晃。

眼中的葵花已由紫和金黄转成一片金绿相错的幻画，还正旋转不已。

……筵席上凡是能喝的，都醉倒了。住处还远应走路的，点上火燎唱着笑着回家了。奏乐帮忙的，下到厨房，用烧酒和大肉丸子肥腊肉肿了脖子，补偿疲劳，各自方便，或抱了大捆稻草，钻进空谷仓房里去睡觉，或晃着火把，上油坊玩天九牌过夜去了，我自然也得有个落脚处。

一家之主的老太太，站在厅堂前面，张罗周至的打发了许多事情后，就手抖抖的，举起一个芝麻秆扎成的火炬，准备引导我到一个特意为我安排好住处去。面前的火炬照着我，不用担心会滑滚到雪中，老太太白发上那朵大红山茶花，恰如另外一个火炬，使我回想起三十年前祖母辈分老一派贤惠能勤一家之主的种种。但是我最关心的，还是跟随我身后，抱了两床新装钉的棉被，一个年青乡下大姑娘，也好像一个火炬。我还不知道她是什么人。

她原来在厅前灯光所不及处，和一个收拾乐器的乡下人说话，老太太在厅中问：

“巧秀，巧秀，可是你？”

“是我！”

“是你，你就帮帮忙，把铺盖送到后屋里去。”

于是三个人从先一时还灯烛煌煌笳鼓竞奏的正厅，转入这所大庄宅最僻静的侧院。两种环境的对照，以及行列的离奇，已增加了我对于处境的迷惑。到住处房中后，四堵白木板壁把一盏灯罩擦得清亮的美孚灯灯光聚拢，我才能够从灯光下，看清楚为我抱衾抱裯的一位面目。

十七岁年纪，一双清亮的眼睛，一张两角微向上翘的小嘴，一个在发育中肿得高高的胸脯，一条乌梢蛇似的大发辫。说话时一开口即带点羞怯的微笑，关不住青春生命秘密悦乐的微笑。

可是，事实上这时节她却一声不响，不笑，只静静站在那个楠木花板大床边，帮同老太太为我整理被盖。

我站在屋正中火盆边，一面烘手，一面游目四瞩，欣赏房中的动静：那个似静实动的白发髻上的大红山茶花，似动实静的十七岁姑娘的眉目和四肢……那双清明无邪的眼睛，在这个万山环绕不上二百五十户人家的小村落中看过了些什么事情？那张含娇带俏的小嘴，到想唱歌时，应当唱些什么歌？还有那颗心，平时为屋后大山豺狼的长嗥声，盘在水缸边碗口大黄喉蛇的歇凉呼气声，训练得稳定结实，会不会还为什么新事情而剧烈跳跃？我难道还不愿意放弃作一个画家的痴梦？真的画起来，第一笔应捕捉眼睛上的青春光辉，还是应保持这个嘴角边的温情笑意？

我还觉得有点不可解，整理床铺，怎么不派个普通长工来帮忙，岂不是大家省事？既要来，怎么不是一个人，还得老太太同来？等等就会走去，难道也必须和老太太两人一道走？倘若不，我又应当怎么样？这一切，对于我真是一份离奇的教育。我不由得不笑了。在这些无头无绪遐想中，我可说是来到乡下的“乡下人”。

我说：“对不起，对不起，我这客人真麻烦老太太！麻烦这位大姐！老太太实在过累了，应当早早休息了吧。”

从那个忍着笑代表十七岁年纪微向上翘的嘴角，我看出一种回答，意思清楚分明。

“哪样对不起？你们城里人就会客气。”

的确是，城里人就会客气，礼貌周到，然而总不甚诚实得体。好像这个批评当真是从对面来的，我无言可回，沉默了。

到两人为我把床铺整理好时。老太太就拍一拍那个绣有“长命富贵”的扣花枕帕的旧式硬枕，口中轻轻的近于祝愿的语气说：“好好睡，睡到大亮再醒，不叫你你就莫醒！”且把衣袖中预藏的一个小小红纸包儿，悄悄地塞到枕头下去。我虽看见只装作不曾看见。于是，两个人相对笑笑，有会于心地笑笑，像是办完一件大事，摇摇灯座。油还不少，扭一扭灯头，看机关灵活不灵活。又验看一下茶壶，炖在炭盆边很稳当。一种母性的体贴，把凡是想得到的都注意一下，再就说了几句不相干闲话，一齐走了。我因之陷入一种完全孤寂中。听到两人在院转角处踏雪声和笑语声。这是什么意思？充满好奇的心情，伸手到枕下掏摸，果然就抓住了一样东西，一个被封好的谜。试小心裁开一看，原来是包寸金糖。知道老太太是依照一种乡村古旧的仪式。乡下习惯，凡新婚人家，对于未结婚的陌生男客，照例是不留宿的。若特别客人留在家下住宿时，必祝福他安睡。恐客人半夜里醒来有所见闻，大早不知忌讳，信口胡说，就预先用一包糖甜甜口，封住了嘴。

一切离不了象征。唯其象征，简单仪式中即充满牧歌的抒情。

我因为记得一句俗话，“入境问俗”，早经人提及过，可绝想不到自己即参加了这一角。我明早上将说些什么？是不是凡这时想起的种种，也近于一种忌讳？五十里的雪中长途跋涉，已把我身体弄得十分疲倦，在灯火煌煌笳鼓竞赛的喜筵上，甜酒和笑谑所酿成的空气中，乡村式的欢乐的流注，再加上那个十七岁乡下大姑娘所能引起我的幻想或联想，似乎把我灵魂也弄得相当疲倦。因此，躺入那个暖和、轻软、有干草干果香味的棉被中，不多久，就被睡眠完全收拾了。

现在我又呼吸于这个现代传奇中了。炭盆中火星还在轻微爆炸。假若我早醒五分钟，是不是会发现房门被一只手轻轻推开时，就有一双眼睛一张嘴随同发现？是不是忍着笑踮起脚进到房中后，一面整理火盆，一面还向窗口悄悄张望，一种朴质与狡猾的混和，只差开口，“你城里人就会客气”。到这种情形下，我应当忽然跃起，稍微不大客气的惊吓她一下，还是尽含着糖，不声不响？我不能够这样尽躺着。油紫色带锦绶的斑鸠，已在雪中咕咕咕呼朋集伴。我得看看雪晴侵晨的庄宅，办过喜事后的庄宅，那分零乱，那分静。屋外的溪涧、寒林和远山，为积雪掩覆初阳照耀那分调和，那分美，还有雪原中路坎边那些狐兔鸦雀经行的脚迹，象征生命多方的图案画。但尤其使我发生兴趣感到关切的，也许还是另外一件事情。新娘子按规矩就得下厨，经过一系列亲友预先布置的开心笑料，是不是有些狼狈周章？大清早和丈夫到井边去挑水时，是个什么情景？那一双眉毛，是不是当真于一夜中就有了变化，一眼望去即能辨别？有了变化后，和另外那一位年纪十七岁的成熟待时大姑娘比较起来，究竟有什么不同处？

盥洗完毕，走出前院去，尽少开口胡说。且想找寻一个人，带我到后山去望望并证实所想象的种种时，“莫道行人早，还有早行人”，不意从前院大胡桃树下，便看见那作新郎的朋友，正蹲在雪地上一大团毛物边，有所检视。才知道新郎还是按照向例，天微明即已起身，带了猎枪和两个长工，上后山绕了一转，把装套处一一看过，把所得的已收拾回来。从这个小小堆积中，我发现了两只麻兔，一只长尾山猫，一只灰獾，两匹黄鼠狼。装置捕机的地面，不出庄宅后山，半里路范围内，一夜中即有这么多触网入彀的生物。而且从那不同的形体，不同的毛色，想想每一个不同的生命，在如何不同情形中，被大石块压住腰部，头尾翘张，动弹不得；或被圈套扣住了前脚高悬半空挣扎得精疲力尽，垂头死去；或是被机关木梁竹签，扎中肢体某一部分，在痛苦惶惧中，先是如何努力挣扎，带着绝望的低嘶，挣扎无从，精疲力尽后，方充满悲苦的激情，沉默下来，等待天明，到末了还是不免同归于尽。这一摊毛茸茸的野物，陈列在这片雪地上，真如一幅动人的图画。但任何一种图画，却不会将这个近乎不可思议的生命的复杂与多方，好好表现出来。

后园竹林中的斑鸠呼声，引起了朋友的注意。我们于是一齐向后园跑去。朋友撒了一把绿豆到雪地上，又将另一把绿豆灌入那支旧式猎枪中，藏身在一垛稻草后，有所等待。不到一会儿，枪声响处，那对飞下雪地啄食绿豆的斑鸠，即中了从枪管喷出的绿豆，躺在雪中了。吃早饭时，新娘子第一回下厨做的菜中，就有一盘辣子炒斑鸠。

一面吃饭一面听新郎述说下大围猎虎故事，使我仿佛加入了那个在自然壮丽背景中，人与另外一种生物充满激情的剧烈争斗与游戏过程。新娘子的眉毛还是弯弯的，引起我老想要问一句话，又像因为昨夜晚老太太塞在枕下那一包糖，当真封住了口，无从启齿。可是从外面跑来的一个长工，却代替了我，打破了桌边沉默，在桌前向主人急促陈述：“老太太，队长，你家巧秀，有人在坳上亲眼看到。昨天吹唢呐的那个中寨人，把你家大姑娘巧秀拐跑了。一定是向鸦拉营方向跑，要追还追得上。巧秀背了个小小包袱，还笑嘻嘻的！”

“嗐，咦！”一桌吃饭的人，都为这个消息给愣住了。

这个集中情绪的一刹那，使我意识到一件事，即眉毛比较已无可希望。

我一个人重新枯寂地坐在这个小房间火盆边，听着炖在火盆上铜壶的白水沸腾，好像失去了一点什么，不经意被那一位收拾在那个小小包袱中，带到一个不可知的小地方去了。

不过事实上倒应当说“得到”了一点什么。只是得到的究竟是什么？我问你。算算时间，我来到这个乡下还只是第二天，除掉睡眠，耳目官觉和这里一切接触还不足七小时，生命的丰满、洋溢，把我的感情或理性，已给完全混乱了。

阳光上了窗棂，屋外檐前正滴着融雪水。我年纪刚满十八岁。

wǒ zhuàng shàng le qiū tiān

我撞上了秋天

郁达夫

刚刚步出楼道，我就让秋天狠狠撞了个筋斗。

今夏漫长的炎热里，凌晨那段时间大概最舒服。就养成习惯，天一亮，铁定是早上四点半左右，就该我起床，或者入睡了。

这是我的生活规律。

但是昨晚睡得早，十一点左右。醒来一看，天还没亮，正想继续睡去，突然觉得蚊子的嗡嗡和空气的流动有些特别，不像是浓酽的午夜，一看表，果不其然，已经五点了。

爬起来，把自个儿撸撸干净了，走出我那烟熏火燎的房间，刚刚步出楼道，我就让秋天狠狠撞了个筋斗。

先是一阵风，施施然袭来，像一幅硕大无朋的裙裾，不由分说就把我从头到脚挤了一遍，挤牙膏似的，立马我的心情就畅快无比。我在夏天总没冬天那么活力洋溢，就是一个脑子清醒的问题。秋天要先来给我解决一下，何乐不为。

压迫整整一夏的天空突然变得很高，抬头望去——无数烂银也似的小白云整整齐齐排列在纯蓝天幕上，越看越调皮，越看越像长在我心中的那些可爱的灵气，我恨不得把它们轻轻抱下来吃上两口。我在天空上看到一张脸。想起这首很久以前写的歌，心境已经大不相同了，人也已经老了许多——人老了么？我就一直站在那里看，看个没完没了，我要看得它慢慢消失，慢慢而坚固地存放在我这里。

来来往往的人开始多了，有人像我一样看，那是比较浪漫的，我祝福他们；有人奇怪地看我一眼，快步离去，我也祝福他们，因为他们在为了什么忙碌。生命就是这样，你总要做些什么，或者感受些什么，这两种过程都值得尊敬，不能怠慢。

就如同我，要坚守阵地，如同一只苍老的羚羊，冷静地厮守在我的网络，那些坛子的钢丝边缘上。六点钟就很好了，园门口就有汁多味美的鲜肉大包子，厚厚一层红亮辣油翠绿香菜，还星星般点缀着熏干大头菜的豆腐脑，还有如同猫一样热情的油条，如同美丽娴静女友般的豆浆，还有知心好友一样外焦里嫩熨帖心肺的大葱烫面油饼。

这里这些鳞次栉比的房屋，每个窗户后面都有故事，或者在我这里发生过，或者是现在我想听的。每个梦游的男人都和我一样不肯消停，每个睡裙的女人都被爱过或者正在爱着，每个老人都很丰富，每个孩子都很新鲜。每条小狗都很生动，每只鸽子都很乖巧。每个早晨都要这样，虽然我已经不同以往，总是幻想奇遇，总是渴望付出烈火般的激情，又总是被乖戾的现实玩耍，被今天这难得的天气从狂热中唤醒。我已经不孤单了，是吧。

就是这个孤单，像一床棉被，盖在很高的高空，随着我房间人数的变化，或低落，或俯冲，或紧缠，或飘扬。美倒是美，狠了点儿，我知道。

噫吁嚱，我的北京，昨天交通管制的北京，今年全国夏季气温最高的北京，用这样清丽的秋天撞击我神经的北京，把我的生活彻底弄乱，把我的故事彻底展开，把我仔细地铺成一张再造白纸的北京啊。

tóng nián de chūn jié
童年的春节

冰心

最好的东西，还是灯笼，福州方言，“灯”和“丁”同音，因此送灯的数目，总比孩子的数目多一盏，是添丁的意思。

我童年生活中，不光是海边山上孤单寂寞的独往独来，也有热闹得锣鼓喧天的时候，那便是从前的“新年”，现在叫做“春节”的。

那时我家住在烟台海军学校后面的东南山窝里，附近只有几个村落，进烟台市还要越过一座东山，算是最冷僻的一角了，但是“过年”还是一年中最隆重的节日。

过年的前几天，最忙的是母亲了。她忙着打点我们过年穿的新衣鞋帽，还有一家大小半个月吃的肉，因为那里的习惯，从正月初一到十五是不宰猪卖肉的。我看见母亲系起围裙、挽上袖子，往大坛子里装上大块大块的喷香的裹满“红糟”的糟肉，还有用酱油、白糖和各种香料煮的卤肉，还蒸上好几笼屉的红糖年糕……当母亲做这些事的时候，旁边站着的不只有我们几个馋孩子，还有在旁边帮忙的厨师傅和余妈。

父亲呢，就为放学的孩子们准备新年的娱乐。在海军学校上学的不但有我的堂哥哥，还有表哥哥。真是“一表三千里”，什么姑表哥、舅表哥、姨表哥，至少有七八个。父亲从烟台市上买回一套吹打乐器，锣、鼓、箫、笛、二胡、月琴……弹奏起来，真是热闹得很。只是我挤不进他们的乐队里去！我只能白天放些父亲给我们买回来的鞭炮，晚上放些烟火。大的是一筒一筒的放在地上放，火树银花，璀璨得很！我最喜欢的还是一种最小、最简单的“滴滴金”。那是一条小纸捻，卷着一点火药，可以拿在手里点起来嗤嗤地响，爆出点点火星。

记得我们初一早起，换上新衣新鞋，先拜祖宗——我们家不供神佛——供桌上只有祖宗牌位、香、烛和祭品，这一桌酒菜就是我们新年的午餐——然后给父母亲和长辈拜年，我拿到的红纸包里的压岁钱，大多是一圆锃亮的墨西哥“站人”银元，我都请母亲替我收起。

最有趣的还是从各个农村来耍“花会”的了，演员们都是各个村落里冬闲的农民，节目大多是“跑旱船”，和“王大娘锔大缸”之类，演女角的都是村里的年轻人，搽着很厚的脂粉。鼓乐前导，后面就簇拥着许多小孩子。到我家门首，自然就围上一大群人，于是他们就穿走演唱了起来，有乐器伴奏，歌曲大都滑稽可笑，引得大家笑声不断。耍完了，我们就拿烟、酒、点心慰劳他们。这个村的花会刚走，那个村的又来了，最先来到的自然是离我们最近的金钩寨的花会！

我十一岁那年，回到故乡的福建福州，那里过年又热闹多了。我们大家庭里是四房同居分吃，祖父是和我们这一房在一起吃饭的。从腊月廿三日起，大家就忙着扫房，擦洗门窗和铜锡器具，准备糟和腌的鸡、鸭、鱼、肉。祖父只忙着写春联，贴在擦得锃亮的大门或旁门上。他自己在元旦这天早上，还用红纸写一条："元旦开业，新春大吉……”以下还有什么吉利话，我就不认得也不记得了。

新年里，我们各人从自己的“姥姥家”得到许多好东西。首先是灶糖、灶饼，那是一盒一盒的糖和点心。据说是祭灶王爷用的，糖和点心都很甜也很粘，为的是把灶王的嘴糊上，使得他上天不能汇报这家人的坏话！最好的东西，还是灯笼，福州方言，“灯”和“丁”同音，因此送灯的数目，总比孩子的数目多一盏，是添丁的意思。那时我的弟弟们还小，不会和我抢，多的那一盏总是给我。这些灯：有纸的，有纱的，还有玻璃的……

于是我屋墙上挂的是“走马灯”，上面的人物是“三英战吕布”，手里提的是两眼会活动的金鱼灯，另一手就拉着一盏脚下有轮子的“白兔灯”。同时我家所在的南后街，本是个灯市，这一条街上大多是灯铺。我家门口的“万兴桶石店”，平时除了卖各种红漆金边的伴嫁用的大小桶子之外，就兼卖各种的灯。那就不是孩子们举着玩的灯笼了，而是上面画着精细的花鸟人物的大玻璃灯、纱灯、料丝灯、牛角灯等等，元宵之夜，都点了起来，真是“花市灯如昼”，游人如织，欢笑满街！

元宵过后，一年一度的光采辉煌的日子，就完结了。当大人们让我们把许多玩够了的灯笼，放在一起烧了之后，说：“从明天起，好好收收心上学去吧。”我们默默地听着，看着天井里那些灯笼的星星余烬，恋恋不舍地带着一种说不出的惆怅寂寞之感，上床睡觉的时候，这一夜的滋味真不好过！

wǒ xǐ huān qián，yīn wèi

我喜欢钱，因为

wǒ méi chī guò qián de kǔ

我没吃过钱的苦

——张爱玲

能够爱一个人爱到问他拿零用钱的程度，那是严格的试验。

不知道“抓周”这风俗是否普及各地。我周岁的时候循例在一只漆盘里拣选一件东西，以卜将来志向所趋。我拿的是钱——好像是个小金镑吧。我妨姑记得是如此。

还有一个女佣坚持说我拿的是笔，不知哪一说比较可靠。但是无论如何，从小似乎我就很喜欢钱。我母亲非常诧异地发现这一层，一来就摇头道：“他们这一代的人……”我母亲是个清高的人，有钱的时候固然绝口不提钱，即至后来为钱逼迫得很厉害的时候也还把钱看得很轻。这种一尘不染的态度很引起我的反感，激我走到对面去。因此，一学会了“拜金主义”这名词，我就坚持我是拜金主义者。

我喜欢钱，因为我没吃过钱的苦——小苦虽然经验到一些，和人家真吃苦的比起来实在不算什么——不知道钱的坏处，只知道钱的好处。

在家里过活的时候，衣食无忧，学费、医药费、娱乐费，全用不着操心，可是自己手里从来没有钱。因为怕小孩买零嘴吃，我们的压岁钱总是放在枕头底下过了年便缴还给父亲的，我们也从来没有想到反抗。直到十六岁我没有单独到店里买过东西，没有习惯，也就没有欲望。

看了电影出来，像巡捕房招领的孩子一般，立在街沿上，等候家里的汽车夫把我认回去（我没法子找他，因为老是记不得家里汽车的号码），这是我回忆中唯一的豪华的感觉。

生平第一次赚钱，是在中学时代，画了一张漫画投到英文《大美晚报》上，报馆里给了我五块钱，我立刻去买了一支小号的丹琪唇膏。我母亲怪我不把那张钞票留着做个纪念，可是我不像她那么富于情感。对于我，钱就是钱，可以买到各种我所要的东西。

有些东西我觉得是应当为我所有的，因为我较别人更会享受它，因为它给我无比的喜悦。眠思梦想地计划着一件衣裳，临到买的时候还得再三考虑着，那考虑的工程，于痛苦中也有着喜悦。

钱太多了，就用不着考虑了；完全没有钱，也用不着考虑了。我这种拘拘束束的苦乐是属于小资产阶级的。每一次看到“小市民”的字样我就局促地想到自己，仿佛胸前佩着这样的红绸字条。

这一年来我是个自食其力的小市民。关于职业女性，苏青说过这样的话：“我自己看看，房间里每一样东西，连一粒钉，也是我自己买的。可是，这又有什么快乐可言呢？”这是至理名言，多回味几遍，方才觉得其中的苍凉。

又听见一位女士挺着胸脯子说：“我从十七岁起养活我自己，到今年三十一岁，没用过一个男人的钱。”仿佛是很值得自傲的，然而也近于负气吧？

到现在为止，我还是充分享受着自给的快乐的，也许因为我于这还是新鲜的事，我不能够忘记小时候怎样向父亲要钱去付钢琴教师的薪水。我立在烟铺跟前，许久，许久，得不到回答。后来我离开了父亲，跟着母亲住了。问母亲要钱，起初是亲切有味的事，因为我一直是用一种罗曼蒂克的爱来爱着我母亲的。她是位美丽敏感的女人，而且我很少机会和她接触，我四岁的时候她就出洋去了，几次回来了又走了。在孩子的眼里她是辽远而神秘的。有两趟她领我出去，穿过马路的时候，偶尔拉住我的手，便觉得一种生疏的刺激性。可是后来，在她的窘境中三天两天伸手问她拿钱，为她的脾气磨难着，为自己的忘恩负义磨难着，那些琐屑的难堪，一点点的毁了我的爱。

能够爱一个人爱到问他拿零用钱的程度，那是严格的试验。

苦虽苦一点，我喜欢我的职业。“学成文武艺，卖与帝王家”；从前的文人是靠着统治阶级吃饭的，现在情形略有不同，我很高兴我的衣食父母不是“帝王家”而是买杂志的大众。不是拍大众的马屁的话——大众实在是最可爱的顾主，不那么反复无常，“天威莫测”；不搭架子，真心待人，为了你的一点好处会记得你到五年十年之久。而且大众是抽象的。如果必须要一个主人的话，当然情愿要一个抽象的。

赚的钱虽不够用，我也还囤了点货，去年听见一个朋友预言说：“近年来老是没有销路的乔琪绒，不久一定要入时了，因为今日的上海，女人的时装翻不出什么新花样来，势必向五年前的回忆里去找寻灵感。”于是我省下几百元来买了一件乔琪绒衣料。囤到现在，在市面上看见有乔琪绒出现了，把它送到寄售店里去，却又希望卖不掉，可以自己留下它。

就是这样充满了矛盾，上街买菜去，大约是带有一种落难公子的浪漫的态度吧？然而最近，一个卖菜的老头称了菜装进我的网袋的时候，把网袋的绊子衔在嘴里衔了一会儿。我拎着那湿濡的绊子，并没有什么异样的感觉。自己发现与前不同的地方，心里很高兴——好像是一点踏实的进步，也说不出是为什么。

zhè yě shì shēnghuó

“这也是生活”

鲁迅

象心纵意的躺倒，四肢一伸，大声打一个呵欠，又将全体放在适宜的位置上，然后弛懈了一切用力之点，这真是一种大享乐。

这也是病中的事情。

有一些事，健康者或病人是不觉得的，也许遇不到，也许太微细。到得大病初愈，就会经验到；在我，则疲劳之可怕和休息之舒适，就是两个好例子。我先前往往自负，从来不知道所谓疲劳。书桌面前有一把圆椅，坐着写字或用心的看书，是工作；旁边有一把藤躺椅，靠着谈天或随意的看报，便是休息；觉得两者并无很大的不同，而且往往以此自负。现在才知道是不对的，所以并无大不同者，乃是因为并未疲劳，也就是并未出力工作的缘故。

我有一个亲戚的孩子，高中毕了业，却只好到袜厂里去做学徒，心情已经很不快活的了，而工作又很繁重，几乎一年到头，并无休息。他是好高的，不肯偷懒，支持了一年多。有一天，忽然坐倒了，对他的哥哥道：“我一点力气也没有了。”

他从此就站不起来，送回家里，躺着，不想饮食，不想动弹，不想言语，请了耶稣教堂的医生来看，说是全体什么病也没有，然而全体都疲乏了。也没有什么法子治。自然，连接而来的是静静的死。我也曾经有过两天这样的情形，但原因不同，他是做乏，我是病乏的。我的确什么欲望也没有，似乎一切都和我不相干，所有举动都是多事，我没有想到死，但也没有觉得生；这就是所谓“无欲望状态”，是死亡的第一步。曾有爱我者因此暗中下泪；然而我有转机了，我要喝一点汤水，我有时也看看四近的东西，如墙壁，苍蝇之类，此后才能觉得疲劳，才需要休息。

象心纵意的躺倒，四肢一伸，大声打一个呵欠，又将全体放在适宜的位置上，然后弛懈了一切用力之点，这真是一种大享乐。在我是从来未曾享受过的。我想，强壮的，或者有福的人，恐怕也未曾享受过。

记得前年，也在病后，做了一篇《病后杂谈》，共五节，投给《文学》，但后四节无法发表，印出来只剩了头一节了。虽然文章前面明明有一个“一”字，此后突然而止，并无“二”“三”，仔细一想是就会觉得古怪的，但这不能要求于每一位读者，甚而至于不能希望于批评家。于是有人据这一节，下我断语道："鲁迅是赞成生病的。"现在也许暂免这种灾难了，但我还不如先在这里声明一下："我的话到这里还没有完。"

有了转机之后四五天的夜里，我醒来了，喊醒了广平。

"给我喝一点水。并且去开开电灯，给我看来看去的看一下。"

"为什么？……"她的声音有些惊慌，大约是以为我在讲昏话。

"因为我要过活。你懂得么？这也是生活呀。我要看来看去的看一下。"

"哦……"她走起来，给我喝了几口茶，徘徊了一下，又轻轻的躺下了，不去开电灯。

我知道她没有懂得我的话。

街灯的光穿窗而入，屋子里显出微明，我大略一看，熟识的墙壁，壁端的棱线，熟识的书堆，堆边的未订的画集，外面的进行着的夜，无穷的远方，无数的人们，都和我有关。我存在着，我在生活，我将生活下去，我开始觉得自己更切实了，我有动作的欲望——但不久我又坠入了睡眠。

第二天早晨在日光中一看，果然，熟识的墙壁，熟识的书堆……这些，在平时，我也时常看它们的，其实是算作一种休息。但我们一向轻视这等事，纵使也是生活中的一片，却排在喝茶搔痒之下，或者简直不算一回事。我们所注意的是特别的精华，毫不在枝叶。给名人作传的人，也大抵一味铺张其特点，李白怎样做诗，怎样耍颠，拿破仑怎样打仗，怎样不睡觉，却不说他们怎样不耍颠，要睡觉。其实，一生中专门耍颠或不睡觉，是一定活不下去的，人之有时能耍颠和不睡觉，就因为倒是有时不耍颠和也睡觉的缘故。然而人们以为这些平凡的都是生活的渣滓，一看也不看。

于是所见的人或事，就如盲人摸象，摸着了脚，即以为象的样子像柱子。中国古人，常欲得其"全"，就是制妇女用的"乌鸡白凤丸"，也将全鸡连毛血都收在丸药里，方法固然可笑，主意却是不错的。

删夷枝叶的人，决定得不到花果。

为了不给我开电灯，我对于广平很不满，见人即加以攻击；到得自己能走动了，就去一翻她所看的刊物，果然，在我卧病期中，全是精华的刊物已经出得不少了，有些东西，后面虽然仍旧是"美容妙法""古木发光"，或者"尼姑之秘密"，但第一面却总有一点激昂慷慨的文章。作文已经有了"最中心之主题"：连义和拳时代和德国统帅瓦德西睡了一些时候的赛金花，也早已封为九天护国娘娘了。

尤可惊服的是先前用《御香缥缈录》，把清朝的宫廷讲得津津有味的《申报》上的《春秋》，也已经时而大有不同，有一天竟在卷端的《点滴》里，教人当吃西瓜时，也该想到我们土地的被割碎，像这西瓜一样。自然，这是无时无地无事而不爱国，无可訾议的。但倘使我一面这样想，一面吃西瓜，我恐怕一定咽不下去，即使用劲咽下，也难免不能消化，在肚子里咕咚的响它好半天。这也未必是因为我病后神经衰弱的缘故。我想，倘若用西瓜作比，讲过国耻讲义，却立刻又会高高兴兴的把这西瓜吃下，成为血肉的营养的人，这人恐怕是有些麻木。对他无论讲什么讲义，都是毫无功效的。

我没有当过义勇军，说不确切。但自己问：战士如吃西瓜，是否大抵有一面吃，一面想的仪式的呢？我想：未必有的。他大概只觉得口渴，要吃，味道好，却并不想到此外任何好听的大道理。吃过西瓜，精神一振，战斗起来就和喉干舌敝时候不同，所以吃西瓜和抗敌的确有关系，但和应该怎样想的上海设定的战略，却是不相干。这样整天哭丧着脸去吃喝，不多久，胃口就倒了，还抗什么敌。

然而人往往喜欢说得稀奇古怪，连一个西瓜也不肯主张平平常常的吃下去。其实，战士的日常生活，是并不全部可歌可泣的，然而又无不和可歌可泣之部相关联，这才是实际上的战士。

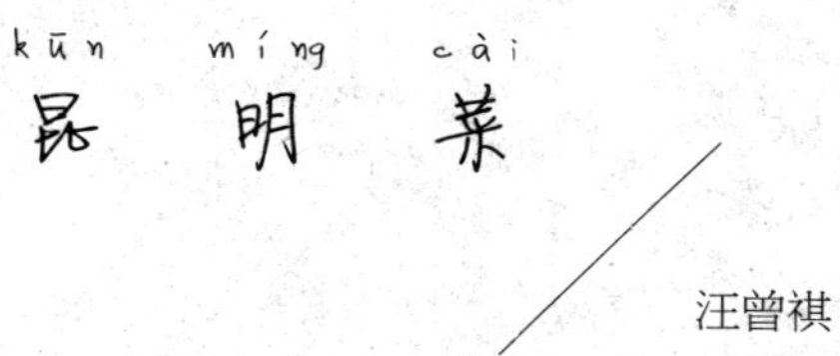

我离开昆明整四十年了，对昆明菜一直不能忘。

我这篇东西是写给外地人看的，不是写给昆明人看的。和昆明人谈昆明菜，岂不成了笑话！其实不如说是写给我自己看的。我离开昆明整四十年了，对昆明菜一直不能忘。

昆明菜是有特点的。昆明菜——云南菜不属于中国的八大菜系。很多人以为昆明菜接近四川菜，其实并不一样。四川菜的特点是麻、辣。多数四川菜都要放郫县豆瓣、泡辣椒，而且放大量的花椒，——必得是川椒。中国很多省的人都爱吃辣，如湖南、江西，但像四川人那样爱吃花椒的地方不多。重庆有很多小面馆，门面的白墙上多用黑漆涂写三个大字“麻、辣、烫”，老远的就看得见。昆明菜不像四川菜那样既辣且麻。大抵四川菜多浓厚强烈，而昆明菜则比较清淡醇和。四川菜调料复杂，昆明菜重本味。比较一下怪味鸡和汽锅鸡，便知二者区别所在。

汽锅鸡

中国人很会吃鸡。广东的盐焗鸡，四川的怪味鸡，常熟的叫花鸡，山东的炸八块，湖南的东安鸡，德州的扒鸡……如果全国各种做法的鸡来一次大奖赛，哪一种鸡该拿金牌？我以为应该是昆明的汽锅鸡。

是什么人想出了这种非常独特的吃法？估计起来，先得有汽锅，然后才有汽锅鸡。汽锅以建水所制者最佳。现在全国出陶器的地方都能造汽锅，如江苏的宜兴。但我觉得用别处出的汽锅蒸出来的鸡，都不如用建水汽锅做出的有味。这也许是我的偏见。汽锅既出在建水，那么，昆明的汽锅鸡也可能是从建水传来的吧？

原来在正义路近金碧路的路西有一家专卖汽锅鸡。这家不知有没有店号，进门处挂了一块匾，上书四个大字：“培养正气”。因此大家就径称这家饭馆为“培养正气”。过去昆明人一说：“今天我们培养一下正气”，听话的人就明白是去吃汽锅鸡。“培养正气”的鸡特别鲜嫩，而且屡试不爽。没有哪一次去吃了，会说“今天的鸡差点事！”所以能永远保持质量，据说他家用的鸡都是武定肥鸡。鸡瘦则肉柴，肥则无味。独武定鸡极肥而有味。揭盖之后：汤清如水，而鸡香扑鼻。

听说“培养正气”已经没有了。昆明饭馆里卖的汽锅鸡已经不是当年的味道，因为用的不是武定鸡，什么鸡都有。

恢复“培养正气”，重新选用武定鸡，该不是难事吧？

昆明的白斩鸡也极好。玉溪街卖馄饨的摊子的铜锅上搁一个细铁条篦子，上面都放两三只肥白的熟鸡。随要，即可切一小盘。昆明人管白斩鸡叫“凉鸡”。我们常常去吃，喝一点酒，因为是坐在一张长板凳上吃的，有一个同学为这种做法起了一个名目，叫“坐失（食）良（凉）机（鸡）”。玉溪街卖的鸡据说是玉溪鸡。

华山南路与武成路交界处从前有一家馆子叫“映时春”，做油淋鸡极佳。大块鸡生炸，十二寸的大盘，高高地堆了一盘。蘸花椒盐吃。二十几岁的小伙子，七八个人，人得三五块，顷刻瓷盘见底矣。如此吃鸡，平生一快。

昆明旧有卖燻鸡杂的，挎腰圆食盒，串街唤卖。鸡肫鸡肝皆用篾条穿成一串，如北京的糖葫芦。鸡肠子盘紧如素鸡，买时旋切片。耐嚼，极有味，而价甚廉，为佐茶下酒妙品。估计昆明这样的小吃已经没有了。曾与老昆明谈起，全似孟元老《东京梦华录》中所记了也。

火腿

云南宣威火腿与浙江金华火腿齐名，难分高下。金华火腿知道的人多，有许多品级。比较著名的是“雪舫蒋腿”。更高级的，以竹叶熏成的，谓之“竹叶腿”。宣威火腿似没有这么多讲究，只是笼统地叫做火腿。火腿出在宣威，据说宣威家家腌制，而集中销售地则在昆明。正义路牌坊东侧原来有一家火腿庄，除了卖整只、零切的火腿，还卖火腿骨、火腿油。上海卖金华火腿的南货店有时卖“火腿脚爪”，单卖火腿油，却没有听说过。火腿骨熬汤，火腿油炖豆腐，想来一定很好吃。

火腿作为提味的配料时多，单吃，似只有一种吃法，蒸熟了切片。从前有蜜炙火腿，不知好吃否。金华火腿按部位分油头、上腰、中腰，——再以下便是脚爪。昆明人吃火腿特重小腿至肘棒的那一部分，谓之“金钱片腿”，因为切开作圆形，当中是精肉，周围是肥肉，带着一圈薄皮。大西门外有一家本地饭馆，不大，很不整洁，但是菜品不少，金钱片腿是必备的。因为赶马的马锅头最爱吃这道菜，——这家饭馆的主要顾客是马锅头。马锅头兄弟一进门，别的菜还没有要，先叫：“切一盘金钱片腿！”

一道昆明菜，不是以火腿为主料，但离开火腿却不成的，是“锅贴乌鱼”。这是东月楼的名菜。乃以乌鱼两片（乌鱼必活杀，鱼片须旋批），中夹兼肥带瘦的火腿一片，在平底铛上，以文火烙成，不加任何别的作料。鲜嫩香美，不可名状。

东月楼在护国路，是一家地道的昆明老馆子。除锅贴乌鱼外，尚有酱鸡腿，也极好。听说东月楼现在也没有了。

昆明吉庆祥的火腿月饼甚佳。今年中秋，北京运到一批，买来一尝，滋味犹似当年。

牛肉

我一辈子没有吃过昆明那样好的牛肉。

昆明的牛肉馆的特别处是只卖牛肉一样，——外带米饭、酒，不卖别的菜肴。这样的牛肉馆，据我所知，有三家。有一家在大西门外凤翥街，因为离西南联大很近，我们常去。我是由这家“学会”吃牛肉的。一家在小东门。而以小西门外马家牛肉馆为最大。楼上楼下，几十张桌子。牛肉馆的牛肉是分门别类地卖的。最常见的是汤片和冷片。白牛肉切薄片，浇滚烫的清汤，为汤片。冷片也是同样旋切的薄片，但整齐地码在盘子里，蘸甜酱油吃（甜酱油为昆明所特有）。汤片、冷片皆极酥软，而不散碎。听说切汤片冷片的肉是整个一边牛蒸熟了的，我有点不相信：哪里有这样大的蒸笼，这样大的锅呢？但切片的牛肉确是很大的大块的。牛肉这样酥软，火候是要很足。有人告诉我，得蒸（或煮？）一整夜。其次是“红烧”。“红烧”不是别的地方加了酱油焖煮的红烧牛肉，也是清汤的，不过大概牛肉曾用红曲染过，故肉呈胭脂红色。“红烧”是切成小块的。这不用牛身上的“好”肉，如胸肉腿肉，带一些“筋头巴脑”，和汤、冷片相较，别是一种滋味。

还有几种牛身上的特别部位，也分开卖。却都有代用的别名，不“会”吃的人听不懂，不知道这是什么东西。如牛肚叫“领肝”；牛舌叫“撩青”。很多地方卖舌头都讳言“舌”字，因为“舌”与“蚀”同音。无锡陆稿荐卖猪舌改叫“赚头”。广东饭馆把牛舌叫“牛脷”，其实本是“牛利”，只是加了一肉月偏旁，以示这是肉食。这都是反“蚀”之意而用之，讨个吉利。把舌头叫成“撩青”，别处没有听说过。稍想一下，是有道理的。牛吃青草，都是用舌头撩进嘴里的。这一别称很形象，但是太费解了。牛肉馆还有牛大筋卖。我有一次同一个女同学去吃马家牛肉馆，她问我:“这是什么？”我实在不好回答。我在昆明吃过不少次牛大筋，只是因为它好吃，不是为了壮阳。“领肝”“撩青”“大筋”都是带汤的。牛肉馆不卖炒菜。上牛肉馆其实主要是来喝汤的，——汤好。

昆明牛肉馆用的牛都是小黄牛，老牛、废牛是不用的。

吃一次牛肉馆是花不了多少钱的，比一般小饭馆便宜，也好吃，实惠。

马家牛肉馆常有人托一搪瓷茶盘来卖小菜，藠头、腌蒜、腌姜、糟辣椒……有七八样。两三分钱即可买一小碟，极开胃。

马家牛肉店不知还有没有？如果没有了，就太可惜了。

昆明还有牛干巴，乃将牛肉切成长条，腌制晾干。小饭馆有炒牛干巴卖。这东西据说生吃也行。马锅头上路，总要带牛干巴，用刀削成薄片，酒饭均宜。

蒸菜

昆明尚食蒸菜。正义路原来有一家。蒸鸡、蒸骨、蒸肉，都放在直径不到半尺的小蒸笼中蒸熟。小笼层层相叠，几十笼为一摞，一口大蒸锅上蒸着好几摞。蒸菜都酥烂，蒸鸡连骨头都能嚼碎。蒸菜有衬底。别处蒸菜衬底多为红薯、洋芋、白萝卜，昆明蒸菜的衬底却是皂角仁。皂角仁我是认识的。我们那里的少女绣花，常用小瓷碟蒸十数个皂角仁，用来“光”绒，取其滑润，并增光泽。我没有想到这东西能吃，且好吃。样子也好看，莹洁如玉。这么多的蒸菜，得用多少皂角仁，得多少皂角才能剥出这样多的仁呢？玉溪街里有一家也卖蒸菜。这家所卖蒸菜中有一色 rang 小瓜：小南瓜，挖出瓤，塞入肉蒸熟，很别致。很多地方都有 rang 菜，rang 冬瓜，rang 茄子，都是塞肉蒸熟的菜。rang 不知道怎么写，一般字典查不到这个字。或写成“酿”，则音义都不对。我们到北京后曾做过 rang 小瓜，终不似玉溪街的味道。大概这家因为是和许多其他蒸菜摆在一起蒸的，鸡、骨、肉的蒸气透入蒸小瓜的笼，故小瓜里的肉有瓜香，而包肉的瓜则带鲜味。单 rang 一瓜，不能腴美。

诸菌

有朋友到昆明开会，我告诉他到昆明一定要吃吃菌子。他住在一旧交家里，把所有的菌子都吃了。回北京见到我，说："真是好！"

鸡㙡为菌中之王。甬道街有一家专做鸡㙡的馆子。这家还卖苦菜汤，是熬在一口大锅里，非常便宜，好吃。外省人说昆明有三怪：姑娘叫老太，芥菜叫苦菜。听昆明人说苦菜不是芥菜，别是一种。

前月有一直住在昆明的老同学来，说鸡㙡出在富民。有一次他们开会，从富民拉了一汽车鸡㙡来，吃得不亦乐乎。鸡㙡各处皆有，富民可能出得多一些。

青头菌、牛肝菌、干巴菌、鸡油菌，我在别的文章里已写过，不重复。昆明诸菌总宜鲜吃。鸡㙡可制成油鸡㙡，干巴菌可晾成干，可致远，然而风味减矣。

乳扇、乳饼

乳扇是晾干的奶皮子，乳饼即奶豆腐。这种奶制品我颇怀疑是元朝的蒙古兵传入云南的。然而蒙古人的奶制品只是用来佐奶茶，云南则作为菜肴。这两样其实只能"吃着玩"，不下饭的。

炒鸡蛋

炒鸡蛋天下皆有。昆明的炒鸡蛋特泡。一颠翻面，两颠出锅，动锅不动铲。趁热上桌，鲜亮喷香，逗人食欲。

番茄炒鸡蛋，番茄炒至断生，仍有清香，不疲软，鸡蛋成大块，不发死。番茄与鸡蛋相杂，颜色仍分明，不像北方的西红柿炒鸡蛋，炒得“一塌胡涂”。

映时春有雪花蛋，乃以鸡蛋清、温熟猪油于小火上，不住地搅拌，猪油与蛋清相入，油蛋交融。嫩如鱼脑，洁白而有亮光。入口即已到喉，齿舌都来不及辨别是何滋味，真是一绝。另有桂花蛋，则以蛋黄以同法制成。雪花蛋、桂花蛋上都撒了一层瘦火腿末，但不宜多，多则掩盖鸡蛋香味。鸡蛋这样的做法，他处未见。我在北京曾用此法作一盘菜待客，吹牛说“这是昆明做法”。客人尝后，连说“不错！不错！”且到处宣传。其实我做出的既不是雪花蛋，也不是桂花蛋，简直有点像山东的“假螃蟹”了！

炒青菜

袁子才《随园食单》指出：炒青菜须用荤油，炒荤菜当用素油，很有道理。昆明炒青菜都用猪油。昆明的青菜炒得好，因为：菜新鲜，油多，火爆，慎用酱油，起锅时一般不烹水或烹水极少，不盖锅（饭馆里炒青菜多不盖锅），或盖锅时间甚短。这样炒出来的青菜不失菜味，且不变色，视之犹如从园中初摘出来的一样。

菜花昆明叫椰花菜。北京炒菜花先以水焯过，再炒。这样就不如干脆加水煮成奶油菜花汤了。昆明炒椰花菜皆生炒，脆而不梗，干干净净。如加火腿，尤妙。

炒包谷只有昆明有。每年北京嫩玉米上市时，我都买一些回来抠出玉米粒加瘦肉末炒了吃。有亲戚朋友来，觉得很奇怪："玉米能做菜？"尝了两筷子，都说"好吃"。炒包谷做法简单，在北京的一个很小的范围内已经推广。有一个西南联大的校友请几个老同学上家里聚一聚，特别声明："今天有一道昆明菜！"端上来，是炒包谷。包谷既老，放了太多的肉，大量酱油，还加了很多水咕嘟了！我跟他说："你这样的炒包谷，能把昆明人气死。"

临离昆明前我和朱德熙在一家饭馆里吃了一盘肉炒菠菜，当时叫绝，至今不忘。菠菜极嫩（北京人爱吃长成小树一样的菠菜，真不可解），油极大，火甚匀，味极鲜。炒菠菜要尽量少动铲子。频频翻锅，菠菜就会发黑，且有涩味。

黑芥·韭菜花·茄子酢

昆明谓黑大头菜为黑芥。袁子才以为大头菜偏宜肉炒，很对。大头菜得肉，香味才能发出。我们有时几个人在昆明饭馆里吃饭，一看菜不够了，就赶紧添叫一盘黑芥炒肉。一则这个菜来得快；二则极下饭，且经吃。

韭菜花出曲靖。名为韭菜花，其实主料是切得极细晾干的萝卜丝。这是中国咸菜里的"神品"。这一味小菜按说不用多少成本，但价钱却颇贵，想是因为腌制很费工。昆明人家也有自己腌韭菜花的。这种韭菜花和北京吃涮羊肉作调料的韭菜花不是一回事，北京人万勿误会。

茄子酢是茄子切细丝，风干，封缸，发酵而成。我很怀疑这属于古代的菹。菹，郭沫若以为可能是泡菜。《说文解字》“菹”字下注云：“酢菜也”，我觉得可能就是茄子酢一类的东西。中国以酢为名的小菜别处也有，湖南有“酢辣子”。古书里凡从酉的字都跟酒有点关系。茄子酢和酢辣子都是经过酒化了的，吃起来带酒香。